Brigitte Sandberg

Das Bild von sich selbst und anderen

L'image de soi et des autres.

© 2025 Sandberg brigitte
Couverture et peinture Brigitte Sandberg
Édition : BoD · Books on Demand,
31 avenue Saint-Rémy, 57600 Forbach, bod@bod.fr
Impression : Libri Plureos GmbH, Friedensallee 273,
22763 Hamburg (Allemagne)
ISBN: 978-2-3225-7471-1
Dépôt légal : Mars 2025

Le texte français commence à la page 64

Inhaltsverzeichnis:

Kapitel I   (Die Kiste) S. 6
Kapitel II (Helfer*innen Syndrom) S.10
Kapitel III (Stehtisch) S.12
Kapitel IIII (in den Bann gezogen) S. 14
Kapitel V (neue Wohnung) S.17
Kapitel VI (vom Partner verlassen) S.20
Kapitel VII (Psychiatrie) S.22
Kapitel VIII (Suizid - Tod) S.24
Kapitel VIV (neuer Mensch) S.25
Kapitel X (Ängste – Spirale) S.27
Kapitel XI (Zurückweisung damals, Foto) S.29
Kapitel XII (unheilbare Krankheit - Kiste) S.31
Kapitel XIII (Tod der Partnerin) S.33
Kapitel XIV (Selbstbild - Selbst Struktur) S.35
Kapitel XV (frankophil) S.37
Kapitel XVI (das!) S.39

Kapitel XII (Tanzen - Depressionen) S.42
Kapitel XIII (Frauenbewegung) S.48
Kapitel XVIV (aus damaligen Zeiten) S.51
Kapitel XX (Ende der Kommunikation) S.53
Kapitel XXI (Die Kiste) S. 54
Kapitel XXII (Zerstörtes Land) S.57
Kapitel XXIII (Die Lokomotive) S.60

Kapitel I (Die Kiste)

Der Volksmund sagt: „Er (sie) ist in die Kiste gesprungen." Soll heißen, er (sie) ist gestorben. Aber meine Freundin war nicht notwendigerweise tot, gestorben. Was die mentale Seite angeht, wusste ich nicht, war ich unsicher, obwohl es sich um meine Freundin handelte, mit der ich mich alle paar Tage traf, die aber jetzt plötzlich in einer Kiste verschwunden war. Was sollte ich davon halten? War meine Freundin plötzlich verrückt geworden? Gab es Anzeichen? Anzeichen dafür, dass sie durchdrehen würde?
Wie sollte ich das beantworten? Vor mir saßen Ärzte und Ärztinnen im weißen Kittel, was nichts Gutes verhieß. Ich musste mich konzentrieren. Was wusste ich über meine

Freundin? Die Fragen stürzten auf mich ein. Am liebsten würde ich mir die Ohren zuhalten. Innehalten und meiner Freundin Beistand leisten. Wohin hatten sie sie gebracht? Ich befand mich in einem Labyrinth von Türen und Fluren.

In einer Kiste! Ich war wirklich entsetzt. Sie hatten sie in einer Kiste vorgefunden. Hatte ich meine Freundin zu lange alleine gelassen? War sie deshalb in eine Kiste geflohen wie andere unter die Bettdecke, um sich zu schützen vor den Angreifer*innen, der feindlichen Welt? Aber war ich denn ihre einzige Vertraute gewesen, ihr einziger Halt, der weggebrochen war, als ich alleine in Urlaub gefahren war? Ja, ich wollte einmal alleine sein, frei sein, mich rundherum wohlfühlen ohne in der Beziehung zu stecken, in der ich oft genug feststeckte im wahrsten Sinne des Wortes, ja, ich musste einmal hinaus! War das denn so schlimm?! Ich konnte ja nicht ahnen, dass sich meine Freundin in einer Kiste verstecken würde, in der sie offenbar Zuflucht suchte.

Und nun wurde ich gefragt, ob es Anzeichen gegeben hätte. Hatte es? Ich legte meinen Finger auf meine geschlossenen Lippen und dachte nach. Dabei fiel mir das Smiley ein, das genau das auch tat. War ich ein Smiley geworden? Ich wischte die ungebetene Störung fort und konzentrierte mich auf die Frage.

Wenn Sie so wollen, sagte ich, gab es insofern ein befremdliches Verhalten, als dass sie bereits in ihrer Familie eine Außenseiterin war. Sie hatte mir einmal erzählt, dass sie sich schon als Teenager von den Familientreffen und -zusammenkünften jedweder Art fernhielt. Stattdessen legte sie sich im dunklen Wohnzimmer der Erdgeschosswohnung aufs Sofa und versuchte zu schlafen. Sie meinte, dass sie keinen Platz in der Familie hätte, in der alle Plätze bereits vergeben waren, als sie auf die Welt kam.

Die Ärzt*innen nickten und sagten, dass ich ihnen sehr geholfen hätte. Sie würden jetzt davon ausgehen, dass der Akt meiner Freundin, in der Kiste zu verschwinden, das folgerichtige Verhalten, das letzte Glied in der Kette ihres sich steigernden, befremdlichen Verhaltens gewesen sei.

Für mich war die Fragestunde beendet, deshalb erzählte ich nicht von der Zeichnung meiner Freundin, eine kleine schwarz-weiß Grafik, vielleicht 1 cm hoch und 2 cm breit, in der sich ein Wesen krümmte, hineingezwungen hatte oder hineingezwungen worden war. Die Zeichnung war sehr klein, fast winzig, trotzdem hatte ich sie nicht vergessen. Würde ich sie im Nachlass meiner Freundin finden?

Wieso Nachlass? Das Wort schreckte mich auf? Ich hatte es selbst in den Mund genommen. Die Ärzt*innen sprachen von Atemnot. Und dass es zu spät war.

Aber ich war doch nur drei Wochen in Urlaub gewesen!

Kapitel II (Helferin Syndrom)

Was war mein Interesse an ihr? Ich war in gewisser Weise hin- und hergerissen, aber es lief immer wieder darauf hinaus, dass sie mir leidtat, weshalb sie auf mich zählen konnte. Ja, ich hatte zuweilen sogar große Angst, sie zu verlieren. Ich hielt es für möglich, dass sie Selbstmord beging, denn es schien allerlei dafür zu sprechen, dass sie augenscheinlich lebensuntüchtig war. So spielte ich zuweilen mit dem Gedanken, sie in der Psychiatrie anzumelden, wenn mir unsere Beziehung über den Kopf wuchs, besonders, wenn sie sich hilflos wie ein Baby gebärdete, ihre Beinchen und Ärmchen im übertragenen Sinn in der Luft strampelten. Wie konnte sie sich nur so tief fallenlassen, sich vor mir erniedrigen? Ich blieb oft stumm und hatte keine Worte für das, was sich abspielte. Natürlich war sie berufsunfähig, jedoch nicht als solche gemeldet, denn das verweigerte sie, lieber kroch sie auf allen vieren zu irgendeinem Job. Ehrlich gesagt, verstand ich sie nicht und trotzdem, trotzdem ließ ich sie nicht allein, fallen, überließ ich sie nicht sich selbst, was in der Verwahrlosung geendet hätte, da war ich sicher. Ich hatte also das Bedürfnis sie zu retten, zumindest vor einem tödlichen Absturz. Hatte ich ein krankhaftes Helfer*innen Syndrom? Müsste ich nicht deswegen eine Psychotherapie machen? Aber diesbezüglich hatte ich genauso wenig Vertrauen wie meine Freundin. Wir gehörten noch der Generation an, die sagte, dass alle Psycholog*innen selber unter Problemen litten, weshalb sie Therapeut*innen geworden waren. Also psychologisierten wir lieber selber, manchmal nächtelang, auch das war unsere Generation. Das Ergebnis war gleich null. Aber vielleicht ging es nicht darum, sondern einfach nur darum, sich auszutauschen, etwas auf den Tisch zu legen, auszubreiten, die eigene Lebensgeschichte bzw. Teile davon, die uns unter den Nägeln brannten. Doch kamen wir an unsere Grenzen. Wir kamen immer an eine

Grenze, und vielleicht war das gut so. Denn viele unserer Generation waren der Überzeugung, alles müsse grenzenlos sein, nirgendwo dürften Grenzen bestehen, errichtet werden. Wenn das der Fall war, müssten wir sie niederreißen.

Kapitel III (Stehtisch)

Wir lernten uns relativ spät kennen, beide waren wir schon weit über vierzig. Ich stand, auf meinen Zug wartend, an einem Stehtisch am Hauptbahnhof und trank Kaffee, als sich eine fremde Frau zu mir an den Tisch stellte. Ich fand es ein bisschen aufdringlich, denn es waren noch andere Stehtische frei. Es passierte nichts Wesentliches, außer dass sie Zuckerstückchen in ihr Getränk zerbröckelte und diese in ihrem Tee endlos lang umrührte, was ich gar nicht mochte und nie verstand, warum es Menschen gab, die rührten und rührten und nochmals rührten, als wenn sie Gedanken verloren wären, an etwas dachten, nur nicht an ihr Getränk, das kalt wurde. Mich machte das unruhig, deshalb sagte ich etwas ungehalten: "Ihr Tee wird kalt!" Sie schaute auf, denn sie hatte bisher ihren Kopf während des Umrührens gesenkt gehalten. Sie lächelte mich an, sagte aber nichts, stattdessen senkte sie wieder ihren Kopf. Wieso stellte sie sich an „meinen" Tisch, um dann so zu tun, als sei ich Luft? Und warum regte mich das auf? Als wenn ich sie besser unter Kontrolle hätte, wenn sie etwas sagte, dann wüsste ich, woran ich war. Wieso musste ich wissen, woran ich bei dieser fremden Person war? Das konnte mir doch egal sein. Aber sie hatte mich schon in ihrem Bann gezogen.

Kapitel IV (in den Bann gezogen)

Ich hatte meinen Koffer schon in die Hand genommen und wollte zum Gleis eilen, als sie mich unvermittelt mit einem Lächeln anstrahlte und fragte, warum ich es so eilig hätte. Ehrlich gesagt, fand ich das eine blöde Frage, denn das war am Bahnhof doch üblich, dass die Leute kreuz und quer eilten, rastlos waren und nicht verweilten wie in einem gewöhnlichen Café. Das Leuchten in den Augen dieser kleinen Person vor mir, die nicht nachließ mich anzulächeln, brachte mich indessen in ein Ungleichgewicht. Ich setzte meinen Koffer wieder ab, denn wann zuletzt hatte mich eine Person so entwaffnend angestrahlt und dadurch geblendet? Ich vergaß vollkommen meine

Reise, die nicht dringend war, und ließ mich von meinem strahlenden Gegenüber gefangen nehmen.

Später fragte ich mich, was an dieser doch fast unscheinbaren Person so anders war als bei anderen. Ich glaube, es war ihre Hilflosigkeit, mit der sie mich zu Fall brachte. War es denn so attraktiv, jemandem zu helfen? Bezog ich daraus Selbstbestätigung, ja wurde sogar abhängig davon?
Besonders schlimm fand ich ihre Wohnungslosigkeit. Wie konnte jemand so ungeniert auf der Straße leben und sich von Lakritze ernähren? Sie hatte ihre Erzählung am Stehtisch am Hauptbahnhof begonnen und setzte sie bei unseren vielen Treffen, die immer engmaschiger wurden, fort. Als wir am Bahnhof zusammentrafen, nahm ich ihre Verwahrlosung nicht wahr, was kein Wunder war, denn sie hatte zuvor in der Bahnhofsmission geduscht und sich neu eingekleidet. Bei den folgenden Treffen sorgte sie stets dafür, dass sie zuvor geduscht hatte und fleckenlos gekleidet war. Ich wunderte mich über ihren guten Geschmack, aber natürlich kam ich ihr auch bald hinter ihre Schliche. Ich

redete auf sie ein, sich für eine Übergangswohnung, die die Stadt für wohnungslose Frauen für ein Jahr zur Verfügung stellte, zu bewerben. Gott sei Dank tat sie es nach einiger Zeit und bezog eine der komfortablen 1-Zimmerwohnungen, die sie sogleich nach ihren Wünschen einrichtete. Woher sie das Geld dafür nahm, wusste ich nicht, die vorhandene Ausstattung des Zimmers beförderte sie mit ihren Helfershelfern in den Keller.

Sie war stolz, und mit diesem Stolz erreichte sie viel, wenngleich es oft fremde Federn waren, mit denen sie sich schmückte.

Kapitel V (neue Wohnung)

Das Jahr war schnell um, aber sie wollte die Wohnung nicht verlassen. Sie legte sich sogar mit der Leitung dieser städtischen Einrichtung für Frauen ohne festen Wohnsitz an. Auch ich rief ihr in Erinnerung, dass es eine Warteliste gab. Nach viel Streit in der Einrichtung, zog sie schließlich in eine Wohngemeinschaft, aber die Frau, die ihr ein Zimmer vermietet hatte, kündigte ihr nach nur zwei Monaten. Auch mit der zweiten Vermieterin hatte sie kein Glück. Ich selbst weigerte mich, sie bei mir aufzunehmen, denn ich wusste, dass ich mich gegebenenfalls nicht gegen sie durchsetzen könnte, denn sie war bei aller Hilflosigkeit zugleich ungemein stark und würde mich in ihrer Wut vielleicht niederringen. Bisweilen war sie wie ein Kind, das, wenn es seinen Willen nicht bekam, ausflippte, die Tatsachen verdrehte und sich als Opfer darstellte. Doch abgesehen davon, dass ich sie nicht in meine Wohnung aufnahm, konnte sie auf mich zählen. Sie schaffte es schließlich, eine eigene Wohnung zu finden, denn, wie sie sagte, klapperte sie mehrere Hausverwaltungen ab und eine davon, so meinte sie, vermietete ihr die Wohnung, auf die sie sich beworben hatte, weil sie in der Vergangenheit als Altenpflegerin gearbeitet hatte und diese Tatsache höchste Bewunderung bei der verantwortlichen Angestellten ausgelöst hatte.

Sie hatte auch zeitgleich eine Arbeit gefunden, was sie in Euphorie versetzte und sie veranlasste, bei Ikea u.a. eine neue Küche zu bestellen, die sie von einem Experten ausmessen ließ. Doch nach einem Jahr war sie mit der Wohnung nicht mehr zufrieden und bekam von der Hausverwaltung eine größere, die sie jedoch gegen eine andere, die noch zu finden sein müsste, tauschen wollte, wenn nicht bis dahin das Wohnprojekt, das sie mit anderen aus der Taufe heben wollte, fertig gestellt war.

Sie beschäftigte sich überdies mit Fachlektüre zum Thema Aktien und war in verschiedenen Gruppen präsent, u.a. einer buddhistischen. Das Leben meiner Freundin hatte in rasantem Tempo Fahrt aufgenommen, und ich sah eigentlich nur noch von weitem zu wie sie flog, jedoch in meinem Inneren hatte ich immer noch Angst vor ihrem Absturz.

Kapitel VI (Vom Partner verlassen)

Sie war zuvor aus ihrer langjährigen Beziehung geworfen worden, in der sie sich auf Lebenszeit eingerichtet hatte. Ich fühlte mit ihr und war von ihrem Schmerz und ihrer Revolte betroffen, denn zwei Jahrzehnte sind eine lange Zeit. Sie stand auf einmal auf der Straße. Der Boden war ihr unter den Füssen weggezogen worden. Sie hatte keine Wohnung, sie hatte keine Arbeit, sie hatte kein Geld. Die Wohnung, die ihr Partner, der sich von ihr getrennt hatte, anbot, lehnte sie ab, denn sie wollte nichts von demjenigen annehmen, der sie verlassen hatte. Das Geld allerdings nahm sie solange wie möglich an, und das war nicht wenig. Sie stellte Ansprüche, die er ihrer Meinung nach, sein Leben lang erfüllen müsste, wogegen er sich sträubte. Er wollte nicht, dass er ausblutete, aber sie meinte, er habe genug Geld. Mir war das unheimlich, was da vor sich gegangen war, obwohl es ja weit zurücklag. Als sie einmal Sachen aus der Wohnung holen wollte, deren Schlüssel sie lange nicht hergab, versteckte sie sich hinter der Tür und goss ihm und seiner neuen Freundin, als er die Tür aufschloss, einen Eimer Wasser über den Kopf, anschließend verprügelte sie ihn. Andere haben ihre Wut auf ähnliche Weise ausgelassen. Ich erinnerte mich an eine Bekannte, die vor der Haustür ihres verheirateten Freundes, der ihr den Laufpass gegeben hatte und zu seiner Frau zurückgekehrt war, einen Müllsack ausleerte und überdies mit ihrem Auto in sein Auto fuhr, das vor der Tür stand und hinter dem sie geparkt hatte.

Kapitel VII (Psychiatrie)

Wie sie erzählte, hatte sie sich selbst damals in die Psychiatrie eingewiesen, da sie nach der Trennung nicht wusste wohin. An und für sich hielt ich es für einen kreativen Akt der Selbst Rettung und doch löste allein schon das Wort „Psychiatrie" große Ängste in mir aus. Aus irgendeinem Grund verband ich es damit, die Kontrolle über sich selbst an Außenstehende abzugeben, die über die „eingelieferte" Person (auch wenn sie sich selbst eingeliefert hatte) verfügten und sie gemäß ihrem lexikalischen Wissen behandelten, im Endeffekt mit Medikamenten ruhigstellten. Ich hatte offenbar einen unrealistischen Blick auf das Ganze und wurde in meiner Wahrnehmung wahrscheinlich von Ängsten gesteuert.

Wenn wir uns trafen und sie von ihren damaligen, stundenweisen Ausgängen aus der psychiatrischen Klinik erzählte, war ich immer zutiefst betroffen, denn sie stand damals unter Medikamenten Einfluss, und ich fürchtete, das war immer noch der Fall, denn es sah danach aus. Sie erzählte von Freundschaften, die sie im Hospital geschlossen hatte und sogar mit einem die Nächte verbrachte, obwohl das verboten war, aber Verbote waren für sie nicht unbedingt einzuhalten, darüber bestimmte sie. Diesen gutaussehenden Ex-Knacki besuchte sie nach ihrer beider Entlassung im Knast, denn er hatte wieder ein Delikt begangen, was aber meine Freundin nicht sonderlich interessierte, das waren für sie Äußerlichkeiten, und er half ihr in jeder Hinsicht, praktisch und durch Gespräche, als er aus dem Knast wieder herauskam.
Sie hatte sich in der psychiatrischen Klinik eingerichtet und fühlte sich sogar sehr wohl dort. Der Arzt hielt sie, im Vergleich zum Tag der Einlieferung vor gut einem halben Jahr, für stabil und sagte vorwurfsvoll: „Das ist kein Hotel!" Denn sie wollte nicht gehen.
Als ich sie einmal fragte, ob sie damals an Selbstmord gedacht hätte, überraschte sie mich

mit einem klaren Nein, stattdessen wäre sie dann auf die von ihr geliebte und schon früher bereiste Insel Kreta geflogen und hätte es sich dort gut gehen lassen.

Kapitel VIII (Suizid -Tod an sich)

Ich sah sie im Geiste nach Kreta fliegen und mich selbst zitternd vor „ihrer!" Suizidangst daheimbleibend, auf sie aufpassend sozusagen, als wenn sie sonst mit dem Flugzeug abstürzen würde. Eine von uns beiden musste doch auf der Erde bleiben. Zwinkern.
Ich ahnte, dass meine Phantasien wunderlich, wenn nicht gar krankhaft waren, aber ich schob sie meiner Freundin zu, denn sie war es schließlich, die in der Psychiatrie gewesen war. Das Verlassenwerden, wie es meine Freundin erlebt hatte, triggerte mein eigenes Trauma.
Aber nicht nur der Suizid machte mir Angst, sondern er war verbunden mit der Angst vor dem Tod an sich, der alle betraf. Die

Todesangst war wie ein/e ständige/r Begleiter*in, der/die mit einem Damoklesschwert drohte. War ich nicht jüngst fast von einem abbiegenden Auto erfasst worden, als ich auf dem Zebrastreifen die Straße überquerte?!

Kapitel VIV („neuer" Mensch)

Ich war noch mit dem Nachlass beschäftigt, als ein „neuer" Mensch in mein Leben trat. Das merkte ich daran, dass ich ihm nach Erhalt seiner Weihnachtspost, obwohl es sich nur um eine vervielfältigte Karte für alle Freund*innen handelte, geschrieben hatte: "Ich freue mich, dass du an mich gedacht hast…." Das kam mir merkwürdig vor, denn auf einmal war mir, als hätte ich ein Gefühl ausgedrückt. Ich spürte deutlich meine Emotion, und ich überlegte, ob ich sonst einem Mann in meiner Bekanntschaft einen solchen Satz schreiben würde, der spontan aus mir herausgekommen war. Es wunderte mich sehr, aber erschreckte mich *nicht, denn er wohnte weit weg und war somit quasi unerreichbar.*

Auf dem Familienfoto, das er zum Feiertag verschickt hatte, erkannte ich ihn kaum wieder, eigentlich überhaupt nicht, denn es waren 55 Jahre verflossen, in denen er mit seiner Frau und mehreren Kindern gelebt hatte. Spontan schickte ich ihm ein Foto von mir mit der Bemerkung, dass auch er mich wahrscheinlich kaum wieder erkennen würde.

Kapitel X (Ängste – Spirale)

Ich schien in einer Spirale zu stecken, die mich nach unten führte, während sie meine Freundin nach oben führte.
Ich hatte sowohl Angst vor mir selber - denn wer kann schon seine Reaktion im voraus absehen, wenn eine traumatische Verletzung passiert war - , aber auch vor meiner Freundin, deren Emotionen mit Medikamenten nur gedeckelt waren.
Wir waren beide vergewaltigt worden. Ich dachte an ihren verheirateten Therapeuten, der sie, noch keine 18 Jahre, fragte, ob sie nicht zur nächsten Sitzung in einem Minirock erscheinen könnte. Ich bewunderte sie, als sie erzählte, dass sie das abgelehnt hatte und einfach nicht

mehr hinging. Es war für sie in gewisser Weise einfach abzulehnen, weil seine Gründe offensichtlich waren. Mir selbst wurde von einem von mir sehr gemochten Therapeuten, verheiratet, vorgeschlagen, dass er zweimal wöchentlich mit mir schlafen könnte. Das hatte ich abgelehnt, und auch ich hörte mit der Therapie auf. Die tatsächliche Vergewaltigung aber lag in meiner Jugendzeit, ich war entführt worden und hatte keine Chance. Bei meiner Freundin war die Erinnerung an ihre Vergewaltig nach wie vor diffus, mir schien, dass sie keinen wirklichen Zugriff auf das Verbrechen hatte.

Sie erzählte einmal, dass sie nachts oft auf ihren Partner einschlug, der jedoch wusste, warum sie das tat und Nachsicht übte. Es hatte mit ihrem Vater zu tun, was sie nicht näher erklären wollte. Ihr Partner war verständnisvoll, aber nach zwei Jahrzehnten zog er die Reißleine, weil er es nicht mehr aushielt, abgesehen davon hatte er eine andere Frau kennen gelernt, was ihm die Trennung erleichterte.

Kapitel XI (Zurückweisung von damals)

Ich dachte erneut daran, dass ich etwas empfunden hatte, eine Zuneigung, die ich nicht wahrhaben wollte. Schließlich hatte er mich während unserer amourösen Verbindung zu Schulzeiten inmitten einer leidenschaftlichen Liebesszene, in der er mir offenbarte, dass er sich schon einer anderen versprochen hatte, shroff zurückgewiesen. Ich wendete mich ab und er sich umgehend einer anderen zu.
Seine Zurückweisung meines Begehrens erzeugte in mir ein Schuldgefühl, ich fühlte mich des Gefühls der Liebe und des Begehrens schuldig, was fatal war, denn ich war mir dieses Zusammenwirkens nicht bewusst, des

Mechanismus, was bedeutete, dass ich seit dieses Traumas blockiert war.

Tatsächlich antwortete er mir auf das Foto, das ich ihm von mir geschickt hatte, sogar schon am nächsten Morgen. Und ja, er erkannte mich wieder, obwohl wir uns 55 Jahre nicht gesehen hatten. Er schrieb, dass das Alter an uns nage, was deutlich zu sehen sei. Für ihn sei das jedoch kein Problem, denn jede Lebensphase habe ihren Reiz.

Kapitel XII (Kiste, Krankheit)

Mir wurde immer noch nicht klar, warum meine Freundin in der Kiste Zuflucht gesucht hatte, vielleicht sogar bewusst dort auf den Tod wartete, denn sie hätte doch einen Luftspalt lassen können. Aber sie hatte ganz dicht gemacht. Und das verstand ich irgendwie nicht, weil sie mir zuweilen wie ein echter Kraftprotz vorkam, außerdem gesellte sie sich zu den Menschen und war wie eine Stehauf Figur, wenn sie tief gesunken war. Merkwürdig, es wollte mir nicht in den Kopf. Hatte ihre Stärke denn nur auf die Einnahme der Tabletten beruht, die alle Hilflosigkeit und Ängste wegdrückten? Ich konnte mir das nicht vorstellen und suchte in ihrem Nachlass weiter nach Hinweisen. Aber da war nicht viel. Zwei sehr alte Tagebücher, die aber nichts enthielten, was sie mir nicht selbst schon erzählt hatte. In der Kommodenschublade lagen ältere Flugtickets, allerlei Behörden- und Arztbriefe, auch private Briefe, vor denen ich jedoch eine Scheu hatte, sie zu lesen. Die Arztbriefe bezogen sich auf unterschiedliche Untersuchungen, auf Röntgenaufnahmen, MRTs und CTs, sowie auf Anträge, diverse Kuren betreffend. Ganz zuunterst lag wie versteckt ein Arztbrief, der sie über eine unheilbare Krankheit informierte, die ihr nicht mehr viel Zeit ließ. Ich war wie vor den Kopf gestoßen. Wir waren Freundinnen, aber offenbar doch nicht so eng befreundet, als dass sie sich mir anvertraut hätte, stattdessen verbrachte sie das Lebensende in einer kleinen Holzkiste, in der sie nur gekrümmt sitzen konnte. Das war ein Schock für mich, ich kann es nicht anders sagen.

Kapitel XIII (Verlust seiner Partnerin)

Auch mein damals geliebter Mitschüler hatte seine Frau vor einigen Jahren an eine unheilbare Krankheit verloren, ungefähr zur selben Zeit starb meine Schwester.
Wir hatten alle paar Jahre eine E-Mail ausgetauscht, vielleicht nur alle fünf bis zehn Jahre. Aber „zufällig" auch, als seine Frau gestorben war und meine Schwester. Er schickte mir einen code, mit dem ich im Internet auf eine Erinnerungsseite kam, dort hatten Freunde ihre Fotos und Erinnerungen an seine Frau und der ganzen Familie hinterlassen. Darüberhinaus gab es eine Wegbeschreibung

zu dem Baum, an dem ihre Urne begraben worden war. Es gab sogar frühe Fotos von ihrer Hochzeit sowie von ihren Babys und von ihm, dem ehemaligen Klassenkameraden, als stolzer Vater mit Vollbart, wie ich ihn nie kennen gelernt hatte, ein Foto, auf dem er lächelte, was auf allen anderen nicht der Fall war und mich irritierte.

Sogar die Fotos, die er mir von sich und seiner Familie jüngst geschickt hatte, zeigten ihn nur mit einem knappen Lächeln. Vielleicht hatte er auch früher nie offen gelächelt, Wenn ich zurückdachte an ihn, an den in mich angeblich verliebten Schüler, so sah ich vor meinem inneren Auge, wie mir jetzt schien, ein Lächeln unter Vorbehalt. Es kam mir wie ein Ausloten vor, ob ich ihm auf den Leim gehen würde.

Ich weiß nicht, ob er das Gefühl hatte, dass ich nach dem Tod seiner Frau mit ihm anbandeln wollte, es kam mir so vor, denn er wies mich vorsichtshalber zurück. Aber ich wollte gar nichts von ihm, jedenfalls war ich davon überzeugt. Zu Weihnachten – war es letztes Jahr ? – schickte ich eine Weihnachtskarte, und er für seinen Teil, kündigte mir in einer e-mail seine Weihnachtskarte an. Nach einem

Monat fragte ich nach, weil ich befürchtete, sie sei verloren gegangen, da schrieb er, ich solle nicht so ungeduldig sein.

Kapitel XIV (Selbstbildnis - Selbststruktur)

Immer wieder denke ich über das nach, was ich nicht fassen kann. Selbst mit einer unheilbaren und leidvollen Krankheit müsste sie ja nicht notwendigerweise in eine Kiste steigen. Hinzu kommt, dass meine Freundin splitternackt war. Ein splitternacktes Embryo, denn so war ihre Haltung. Konnte jemand sie gezwungen haben? Aber wer sollte das gewesen sein? Sie hatte nie von einem derart widerwärtigen Menschen in ihrer Umgebung erzählt. Und der drogenabhängige Knacki, den sie in der Psychiatrie kennen gelernt und später sogar im Knast besucht hatte, war zwar wieder auf freiem Fuß, aber warum sollte er ihr so etwas Schlimmes angetan haben? Er erwartete Geld von ihr, das stimmt, das hatte sie mal gesagt, aber das war ja eine ganz andere Art von Kriminalität, wenn überhaupt, sie kam seinem Wunsch sowieso nicht nach und nahm es nicht wichtig. Überdies half er ihr in vielen praktischen Dingen, die beiden waren sich wohl gesonnen.

Mir kam wieder ihre kleine schwarz-weiß Zeichnung in den Sinn, und diese suchte ich jetzt. Ein eingepferchtes, deformiertes Wesen mit einem übergroßen, schwarzen Auge befand sich eingezwängt auf einem Raum von vielleicht einem Zentimeter Höhe und vielleicht zwei Zentimetern Breite. Die ganzen Jahre hatte sie die winzige Zeichnung aufbewahrt! Was, wenn es sich um ein Selbstbild handelte? Ein Selbstbildnis, das sie die ganzen Jahre in sich trug und das im Gegensatz zu ihrem so oft strahlenden Äußeren stand. Es war schwer, beides zusammen zu bringen. Wenn dem jedoch so war, dann war dieses Bildnis zugleich ihre Selbststruktur, auch wenn ich es nur schwerlich mit ihren Höhenflügen, ihrer

Energie und ihrer Geselligkeit in Einklang bringen konnte.

Kapitel XV (frankophil)

Dann änderte sich etwas zwischen ihm und mir, ich glaube, es war zu dem Zeitpunkt, als er erfuhr, dass ich frankophil war, denn das war er auch. Er hatte sogar damals in Frankreich gemeinsam mit seiner Frau ein Haus gebaut. Ich konnte die Familie auf der Erinnerungsseite versammelt um einen großen Esstisch im Garten ihres französischen Ferienhauses sehen.
Das erste Din A5 Foto, das er mir - auf der Rückseite handschriftlich beschrieben - schickte, hatte das Haus zum Gegenstand. Er beschrieb, wie er alles zusammen mit seiner Frau aufgebaut habe. Ich war zunächst

erschrocken über die Omnipräsenz seiner Frau. Es war vielleicht noch die Trauer um seine Frau, gemischt mit der Enttäuschung, dass er sie verloren hatte.

Das zweite große, auf der Rückseite handschriftlich beschriebene DinA5 Foto, zeigte die zahlreichen Familienmitglieder. Auch dieses Foto erschreckte mich, denn ich war alleinlebend. Er hatte sogar kleine Zettel aufgeklebt und darauf vermerkt, wer wer war. Ich glaube, ich war überfordert, es waren vielleicht zwanzig fremde Menschen, die mich anblickten. Vielleicht wollte er mich in seine Familie integrieren?

Es folgte ein DinA5 Foto - auf der Rückseite wieder handschriftlich beschrieben - von einem Tiny Haus, das er als Therapie gebaut hatte, um den Verlust zu verarbeiten, denn er und seine Frau waren seit Schulzeiten zusammen. Gegen das Tiny Haus war ein Surfbrett gelehnt, das er mit seinem Enkel gebaut hatte, der es mit einem Spruch von Fridays for future versehen hatte, der, wie er glaubte, auf Ghandi zurückgehe.

Was hatte ich zu bieten???

Kapitel XVI (Das!, zum Tanzen aufgefordert)

Wir lagen ausgestreckt auf dem Fußboden meines Zimmers, Körper an Körper und schmusten, als ich immer mehr in Wallung geriet und mein Körper, der sich eng an ihn drängte, mir und ihm verriet, dass ich mit ihm schlafen wollte. (was ich noch nie zuvor getan hatte). Plötzlich stieß er mich von sich und sagte in autoritärem Ton: „Das! gehört meiner Freundin!" Damit waren wir auseinander. Der Geschlechtsverkehr und der Zungenkuss gehörten der Frau, der er sich und die sich ihm lebenslänglich versprochen hatte. Ich wusste nicht, dass es diese Grenze für ihn gab, wir waren blutjunge Teenager, und ich persönlich hatte keine Liebeserfahrungen. Hingegen hatte er schon den Bund fürs Leben geschlossen, allerdings wegen des jugendlichen Alters mit Freiräumen für andere Kontakte, die auf Zärtlichkeiten beschränkt waren. Nicht daran gedacht hatten die beiden, dass sie bei den für ihr Amüsement ausgesuchten Personen (ihre „Opfer"), Gefühle hervorrufen könnten, dass das, was für sie Spiel war, für die anderen ernst war und sie ins Unglück stürzen konnte wie das bei mir der Fall war.

Er fand umgehend eine andere für seine Spiel.

Denke ich jetzt daran, erinnert es mich auch an die Situation, in der ich mit meiner älteren Schwester zum Tanztee ging. Ich war erst 13, aber meine Schwester, die nicht alleine gehen wollte, hatte meine Mutter dazu gebracht, einzuwilligen. Ein Mann forderte mich zum Tanzen auf, und während wir tanzten, sagte er, dass er mich nur zum Tanzen aufgefordert hätte, weil er das Mädchen, mit dem ich gekommen sei, eifersüchtig machen wolle, denn sie sei es, deren Herz er erobern wolle.

Manchen gelingt es, negative Erfahrungen zu „überschreiben", aber bei anderen „blühen" sie unter der Haut weiter, beunruhigen, verletzen weiter, sogar in einem fort.

Und jetzt? Würde sie jetzt mit ihrem sich an sie wieder annähernden Klassenkameraden eine Neuauflage der Verletzung erleben? Sie konnte nicht wissen, ob er sie erneut zurückstoßen würde. Vielleicht war seine Annäherung auch nur als erneutes Spiel zu verstehen?

Kapitel XVII (Depressionen, Tanzen)

Indes will die Tragödie immer noch nicht in meinen Kopf. Konnten es auch Depressionen gewesen sein? Hatte sie etwas in besonderem Maße niedergedrückt? Ich dachte etwa daran, dass sie ihren Ex nicht losließ, zwar hatten sich die Abstände mit den Jahren vergrößert, in denen sie ihm quasi auflauerte, aber sie konnte ihn nicht gänzlich in Ruhe lassen. Sie meinte, sie hätte ein Recht dazu, nach zwanzig Jahren gemeinsamen Lebens hätte sie ein Recht dazu und pochte mit ihren Absätzen wütend auf den Holzfußboden. „Aber es ist vorbei!", sagte ich viele Male zu ihr und wiederholte mich, denn sie litt, und ich wollte, dass das aufhört.

Vielleicht waren es kleine Depressionen, die auf die gescheiterten Treffen folgten, in denen sie versuchte, ihn davon zu überzeugen, dass er sich lebenslänglich um sie kümmern müsste, finanziell und emotional, dazu sei er von Rechts wegen verpflichtet. Ich wüsste nicht, das dem so war, aber sie legte das Recht so aus. Sie konnte nicht begreifen, dass er sich ein neues Leben aufgebaut hatte und sie darin nicht mehr vorkam.

Er hatte sie im Laufe ihrer Beziehung das eine um das andere Mal verletzt. So war ihr die Erzählung ihrer Freundin in Erinnerung geblieben, in der sie beschrieb, wie sie vor einem Foto Geschäft stehen geblieben waren, in dessen Auslage unzählige kleine Passfotos von jungen Frauen lagen. Er hatte geseufzt und gesagt, dass er mit ihr Vorlieb nehmen müsse, weil die hübschen Frauen auf den Passfotos ganz sicher alle vergeben seien. Sie zwang sich, solche Verletzungen zu verdrängen, denn sie bewunderte ihren betuchten, gutaussehenden Mann mit idealem Körperbau, was ihr sehr wichtig war. Da ließ sie sich auch schon mal wegschubsen, wenn sie auf einer Party waren und er im Gespräch mit einer anderen Frau nicht gestört werden wollte. Selbst nach der

Trennung, wenn ich ihr das eine und andere in Erinnerung rief, wischte sie es als Lappalie weg, denn es störte sie auf ihrem Feldzug, ihn zurückzuerobern.

Letztendlich nahm ich es nicht allzu ernst, wenn sie nach den Treffen deprimiert war, denn sie berappelte sich ja immer wieder und strahlte dann wie eine beliebte und geliebte Königin, die nichts Eiligeres zu tun hatte, als auf dem Tanzboden ihre Ballerinas abzuwetzen, abzutanzen. Das wunderte mich jedes Mal, dass sie wie Phönix aus der Asche stieg. Oft genug fragte sie mich, ob ich nicht mitwolle, wenn sie gegen 22.00 Uhr losradelte. Es war dunkel, aber sie fürchtete sich nicht. Sie fürchtete sich auch nicht vor den fremden Männern in der Diskothek, die einmal im Monat für die tanzfreudigen Frauen und Männer über 50 ihre Türen öffnete, und laut ihrer Beschreibung war es immer voll. Nein, sagte sie, sie habe kein Problem mit der Kontaktaufnahme, die über Blicke geschah. Sie sah jemanden des längeren an, und schon kam derjenige zu ihr rüber, sie tranken, sie redeten, sie tanzten, sie tauschten ihre Telefonnummern aus. So geht das. Nicht immer wurde mehr daraus. So hatte sie auch ihren jetzt schon langjährigen Freund kennengelernt. Sie habe damit kein Problem, dass er verheiratet sei, denn sie sei nicht in ihn verliebt, also auch nicht eifersüchtig. Schuldgefühle habe sie auch keine, das sei ja seine Sache, die er mit seiner Frau, die viel arbeite, klären müsste, und das hatte er. Er wohnte in einem kleinen Ort außerhalb der Stadt, somit würde sie seiner Frau oder den beiden nie begegnen.

Ich seufzte, denn trotzdem, wie schon gesagt, überkam sie manches Mal eine solche Wut auf ihren Ex, dass ich mich geradezu fürchtete.

Sie erzählte hin und wieder von ekelhaften Träumen, das konnte ich nicht gut ertragen und drehte mich weg. Oft bat ich sie, mir die Details zu ersparen, aber das ignorierte sie. Sie hatte im Traum vor einem Mann niedergekniet und ihn oral befriedigt, danach kotzte sie, und er zwang sie wütend, sein Sperma aufzulecken, denn es hatte doch in ihr drinbleiben sollen. Gott, wie fürchterlich.

Es erinnerte mich unwillkürlich an meine eigene Mutter, die angewidert gesagt hätte: „Das hätte ich nicht gemacht!" Sie prahlte ja sogar damit, dass sie die russischen Soldaten, die in ihrem Haus nächtigten und an ihrem Ehe-Schlafzimmer pochten, damit sie herauskäme und mit ihnen schlafe, abgewiesen hatte und das mehrmals in der Nacht. Sie zeigte ihnen jedes Mal ihren Ehering und sagte ihnen barsch, dass sie zu unverheirateten Frauen gehen sollten. Tür zu. Bis erneut geklopft wurde. Sie wurde nicht müde, sie abzuweisen und offenbar akzeptierten die Russen, dass sie jedes Mal die Tür schloss, vielleicht weil drinnen ihr Mann im Bett lag, der sich jedoch nicht zeigte.

Ich saß immer noch inmitten des hinterlassenen Papierkrams und konnte keine Ordnung finden oder herstellen.

Hatte sie in den drei Wochen, in denen sie in Urlaub war, ihren Ex getroffen und war in eine Depression gefallen, aus der sie nicht herausfand? Vielleicht hatte sie sich dieses Mal noch mehr zurückgezogen und abgeschottet? Vielleicht war sie in ihrer Vorstellung mit ihm zusammen in die Kiste gestiegen und friedlich eingeschlafen? Wollte sie das? War das von jeher ihre Vorstellung, ihr Wunsch gewesen? Ein Leben lang mit ihm zusammenbleiben und friedlich mit ihm am Lebensende einschlafen???

Das war ein frommer Wunsch, der wenigen erfüllt wurde, aber sie hielt vielleicht daran fest, so wie ein Säugling die Brustwarze der mütterlichen Brust nicht hergeben will, lieber, so scheint es, will er sie abbeißen.

Sie erinnerte sich an das Zeitungsbild eines sehr alten Ehepaares um die neunzig mit ganz und gar faltigen Gesichtern. Sie saßen beide in der Sonne eng beieinander an der rückwärtigen Hauswand, erschossen von unbarmherzigen Soldaten.

Das Zeitungsfoto hatte sie aufbewahrt wie auch ein anderes, auf dem ein junges, jüdisches Ehepaar mit aufgenähtem Davidsstern auf ihren Mänteln, mit Koffern und ihrem kleinen Sohn an der Hand zum Platz der Deportation eilten.

Kapitel XVIII (frauenbewegt)

Das war wirklich merkwürdig, denn wieder trat eine Person von früher erneut in mein Leben. Völlig vergessen hatte ich die Frau, die dicht neben mir ihre Lebensmittel einpackte. Sie sah mich in einer Art und Weise an, als müsste ich sie erkennen, weshalb ich sagte: „Wir kennen uns von früher?!" Auch das war gut 45 Jahre her, aber ich kannte sie nur vom Sehen, ich erinnerte mich nicht, mit ihr jemals gesprochen zu haben. Sie wohnte damals in meinem Stadtteil, ihr eindrucksvolles Gesicht prägte sich mir offenbar ein. Ich war überrascht, dass sie mich gleich zu Beginn unseres Gesprächs, während wir einpackten, fragte, ob ich auch „frauenbewegt" gewesen sei? Das Wort hatte ich ewig nicht gehört. Ob ich auch frauenpolitisch tätig gewesen sei? Was wollte sie von mir?

Ich schluckte und antwortete, dass ich nur am Rande dabei gewesen wäre, zu der Zeit, als es noch die Berliner Frauenzeitschrift „Courage" gegeben hätte, in der ich tatsächlich einen Artikel veröffentlicht hatte, sogar der Veröffentlichung eines Fotos von mir hatte ich zugestimmt. Es ging um Interviews mit Frauen, die ihren Vornamen und oder Namen geändert hatten, um sich aus der Entfremdung zu lösen und sich selbst wieder näher zu kommen, wobei dahin gestellt blieb, ob das auf diesem Wege möglich war, vielleicht gefühlsmäßig. Außerdem war ich bei den allerersten Ausgaben der Hamburger Frauenzeitung dabei, hatte dort ein längeres Gedicht mit dem Titel „Das gläserne Kleid" veröffentlicht, es ging um eine Frau, die ihr gläsernes Kleid zerschlagen sollte. Die Frau neben mir erzählte, dass sie zwanzig Jahre im Ausland gelebt habe und dort mit anderen Frauen ein Gästehaus für Frauen führte. Sie sei vor einigen Jahren zurückgekommen, weil eine der Frauen aussteigen wollte, weshalb sie das Haus verkaufen mussten. Sie habe dann hier ihre

Mutter gepflegt, mit der sie ein gutes Verhältnis hatte. Sie lebte derweil vom Pflegegeld. Seit dem Tod ihrer Mutter war sie dabei, sich neu zu sortieren, wieder etwas für sich selbst zu tun.

Ich war irgendwie durcheinander wegen der plötzlichen Nähe, denn wir waren doch Fremde. Als wir auseinander gingen, fragte sie mich noch nach meinem Namen. Ich nannte ihr meinen Vornamen und fragte sie nach ihrem. Ich hatte plötzlich das Gefühl, dass wir vielleicht doch schon einmal miteinander gesprochen hatten, früher, denn ihr Name war so ungewöhnlich wie sie selbst, und er hatte sich weit hinten in meinem „Nähkästchen" erhalten. Ich wusste jedoch beileibe nicht mehr, was wir ausgetauscht hatten - vorausgesetzt ein Gespräch hatte überhaupt stattgefunden - jedenfalls etwas, das uns beide nicht näher zusammenführte, und so würde es auch dieses Mal sein.

Ich ergriff die Flucht und sagte ohne mich umzusehen: „Im Sommer - das wäre etwa in einem halben Jahr - setzen wir uns auf die Bank und erzählen weiter!" Ich erschrak, denn ich hatte mich zwar zeitlich distanziert, aber gleichzeitig eine Perspektive geboten.

Kapitel XVIV (das Alter, die damaligen Jungen)

Das muss mit meinem fortschreitenden Alter zusammenhängen, dass ich in der letzten Zeit verstärkt Menschen von früher treffe, einer Zeit, in der ich noch jung war. Das ist auch der Fall mit demjenigen, mit dem ich Ende zwanzig zusammen war. Alle paar Jahre tranken wir seither einen Kaffee, aber meistens ging es schief. Offenbar hatte ich jedes Mal die Hoffnung, dass sich das ändern könnte. Das war dumm von mir.

Wir hatten uns kürzlich mal wieder verabredet. Er bot mir per e-mail ein Datum an, dass noch weit vor uns lag, nämlich 5 Wochen. Allerdings stand an diesem Tag in meinem Kalender bereits ein Termin, so dass ich ihn per e-mail fragte, ob er noch an einem andren Tag Zeit habe, denn es lag ja noch viel Zeit vor uns. Aber er antwortete nicht. Also schrieb ich ihm schließlich, dass, wenn er keinen anderen Termin innerhalb der nächsten Wochen frei hätte, würde ich mich bereit erklären, meinen eingetragenen Termin zu verschieben, sofern er mir das früh genug mitteile. Aber es kam nichts. Keine Antwort. Der Termin verstrich, unsere Verabredung fiel ins Wasser.

Ich war einerseits enttäuscht, aber andererseits war mir sein Verhalten bekannt, denn er verhielt sich nicht das erste Mal in dieser Weise. Es war, so ließ es sich mit der Zeit herauslesen, sein Verhaltensmuster, und es war symptomatisch für unsere damalige Beziehung. Er ist ein Macho, jedefalls mir gegenüber, ich muss nach seiner Nase tanzen, mich unterordnen. Er findet Gefallen daran, zu demütigen.

Kapitel XX (Ende der Kommunikation)

Er schrieb, er würde mir von seinem Projekt in Frankreich berichten, das Garagentor zu verglasen. Ich erwartete ein DinA5 Foto per Post handschriftlich beschrieben, weil ich mich wohl auf diese seine Art zu kommunizieren eingestellt hatte. Es kam aber nichts und die Zeit, innerhalb derer er das Tor fertigstellen wollte, verstrich. Erst auf meine dritte mail antwortete er, dieses Mal per E-Mail, und er hängte ein Foto von der fertigen Tür an. Es war eine sehr nüchterne mail, der aufgeflammte Kontakt fiel wieder in sich zusammen, seitdem hörte ich nichts mehr von ihm. Und das ist wohl besser so, denn es lässt sich sowieso nicht

ungeschehen machen, was einmal passiert war.
Es würde die Leichtigkeit fehlen.

Kapitel XXI (die Kiste)

Mein Blick fiel auf die Kiste. Was sollte ich damit machen? Würde ich sie selbst einmal brauchen? Sollte ich sie entfernen, um das Andenken zu entfernen, das, was mich umgetrieben hatte?

Ich erinnerte mich an frühere, relativ große Kisten, in die damals Bücher oder Wäsche gelagert wurden. Sie dienten als Stauraum, aber auch als schmuckhafte Sitzfläche. Es waren alte Seemannskisten oder Koffer.

Ich erinnerte mich daran, dass ich, als ich vor 45 Jahren in diese Wohnung einzog, Obst Kisten, die ich dunkelbraun beizte, als Bücherregal verwendete, in die ich hauptsächlich Lehrbücher für die Schule stellte, von denen die meistens ziemlich hoch waren. Ich wusste nicht, wo die Kisten abgeblieben waren, auf jeden Fall waren sie offen, und ich hatte sie, ich weiß nicht warum, in der Küche über dem antiken, großen Herd, der außer Betrieb war, angebracht.

Die Wand im Wohnzimmer dagegen bespannte ich mit einem riesigen Rollo der verstorbenen Vormieterin, um darauf ein Riesenrad zu malen bzw. ein Rad mit vier farbigen Feldern, ich erinnere schwarz, gelb, grün, blau. Es wirkte wie eine riesige Blüte, die sich entfaltete, wenn ich es positiv beschreibe. Darunter hatte ich mit Kohle sich widerstrebende, gegenläufige Linien gezeichnet. Das warf Fragen auf.
In dieser Wohnung ist viel passiert.
Ich sehe mich verzweifelt an der Wand stehen, auf die bedrohlichen Geräusche der Nachbarn horchend, die in mich eindrangen und von mir Besitz ergreifen wollten.
Die Wohnung mit den Wänden aus Papier. Das Ungeschützte in mir. Das Trauma. Die Zwangseinweisung. War meine Wohnung die geschlossene Abteilung einer Psychiatrie?

Ich wollte nicht fortwährend in so einem bedrohlichen Gedankengehäuse wohnen und wendete mich brüsk vom Anblick der Kiste ab.

Dann hatte ich die Idee, die Kiste auf die Straße zu stellen, das machten heutzutage viele mit allen möglichen Sachen, es klebte dann ein Zettel dran, auf dem stand: „zu verschenken". Ich machte es ihnen gleich. Ich schrieb auf einen Zettel „Zu verschenken!" und klebte ihn an die Kiste, dann setzte ich sie auf die Straße und war erleichtert.

Kapitel XXII (Was soll werden?)

Ich wende mich der Welt zu und sehe das Bild eines zerstörten Landes, wie es unaufhörlich im Fernsehen und in den Zeitungen zu sehen ist. Ich sehe nur Trümmer, ein gänzlich zerstörtes Leben.
Es ist nicht das einzige verwüstete und zerstörte Land auf der Welt. Man könnte sogar sagen, dass die ganze Welt eine Ruine ist, ein Trümmerhaufen, denn überall gibt es Kriege, überall Zerstörung.
Nichts bleibt für immer. Wir müssen alle sterben, aber es gilt auch, dass es einen stabilen Punkt gibt, verlässlich, und das ist Gott, er ist

der, der ewig ist. Alles zerfällt in Trümmer, aber er bleibt für immer, er ist ewig.
Ist das ein Trost?
Auch ich habe ihn vergessen, ich war mir seiner nicht bewusst und plötzlich, in der totalen Zerstörung ist er plötzlich da, ein Bewusstsein von ihm, dem Ewigen, dass er da ist. Das ist, ich gebe es zu, eine Präsenz von Hoffnung, ein ewiges Licht.
Das Phänomen Gott ist nicht greifbar.
Er ist ewig, ja, aber vielleicht handelt es sich um ein ewiges Vergehen und Werden, vielleicht ist er das Symbol des ewigen Werdens und des ewigen Vergehens, des Kreislaufs von Leben und Tod, vielleicht ist er ewig in diesem Sinne.

Ich habe immer noch den silbernen Anhänger, der das zerstörte Land repräsentiert. Er ist das Geschenk einer jungen Frau, die in einem Café bediente und deren Name ich vergessen habe. Ich bewunderte ihren goldenen, hauchdünnen Anhänger, dessen Bedeutung mir nicht bewusst war. Ich sagte, dass er die Form eines Landes habe. Ja, sagte sie, bevor es zerstört wurde. Sie bestand darauf, dass ich den silbernen, im Vergleich zum goldenen, massiven und schweren Anhänger, den sie am nächsten Tag mitbrachte, als Geschenk annehme. Wie meistens schaffte ich es nicht, mich einer Beharrlichkeit zu entziehen, aber am nächsten Tag sagte ich, dass ich ihn nicht tragen würde. Sie lehnte es jedoch kategorisch ab, ihn zurückzunehmen. Nun liegt er da bei mir in der Wohnung wie das zerstörte Land selbst, das nicht weiß, was wird.

.

Kapitel XXIII (Lokomotive)

Trotz der Zerstörung muss es weitergehen, müssen die Sachen angepackt werden. Meine Freundin hat es vorgemacht, jedes Mal, wenn sie am Boden lag, ist sie wie Phönix aus der Asche wieder auferstanden.

In Gedanken an ihr Beispiel überwand ich heute morgen meine Kraft-und Antriebslosigkeit und reinigte meine Dusche, was schon seit mehreren Wochen nötig gewesen wäre, denn die Seife bleibt ja nach jedem Duschen im Becken. Dann ist es mir endlich auch gelungen, meinen Schuh zu reparieren, dessen Sohle sich plötzlich gelöst hatte. Alleskleber hatte ich schon gekauft, also musste ich nur noch Sohle und Schuh miteinander verkleben, als

Beschwerer stellte ich dann einen vollen Eimer Farbe auf den Schuh, damit sich Sohle und Schuh dauerhaft verbanden. Anschließend kamen meine Strümpfe an die Reihe, deren Löcher an den Fersen ich stopfte. Zuguterletzt schnappte ich mir die Stehlampe, die mich seit langem störte und stellte sie auf den Bürgersteig an die Hauswand, an den Lampenschirm klebte ich einen Zettel, auf den ich geschrieen hatte, dass sie zu verschenken sei. Als ich nachmittags nach Hause kam, war sie schon mitgenommen worden, und darübr war ich sehr froh, obwohl ich die nächsten Tage noch an sie dachte. Nun ging ich zum Bäcker, um für meinen Sohn, mit dem ich verabredet war, drei seiner Lieblingsbrötchen zu kaufen. Sonnenblume, Karotte und Dreikornnuss, sagte ich zur Verkäuferin. Mein Sohn war guter Dinge trotz der einvernehmlichen Trennung mit seiner Freundin. Ich fragte, ob er leide, denn ich erinnerte mich daran, dass er bei seiner letzten Trennung extrem gelitten hatte und wochenlang nicht ansprechbar war. Dieses Mal, sagte er, sei er erleichtert.

Ich machte mich an die Arbeit und erledigte das Nötigste, fegte überall aus. Als ich ging, war ich reichlich bepackt mit einem Müllbeutel, einem

Sack mit Plastikverpackungen, einem mit Papier, und ich klemmte unter den Arm noch eine Bettdecke seiner Ex-Freundin, die er nicht mehr wollte, ihr sehr großes Kopfkissen trug ich mit meiner noch freien rechten Hand. Bettdecke und Kissen brachte ich zum Tauschtisch, der sich unweit seiner Wohnung befand und auf dem die Leute Sachen, die sie nicht mehr brauchen, ablegen, damit andere sie mitnehmen können.

Auf seinem Tisch stand ein kleines Objekt, das wie ein Zug aussah, es war eine Lokomotive, die ich sehr bewunderte. Er hatte sie entworfen und dann mit dem D3 Drucker ausgdruckt.

Auch ein sogenannter Hindernismelder lag auf dem Tisch, den hatte er ebenfalls entworfen und ausgedruckt. Er erklärte mir detailiert wie er ihn kreiert hatte. Es war kompliziert und erforderte viel Rechnerei. Er musste viel messen und jedes Detail kalkulieren wie zum Beispiel die Öffnung für den Ein- und Ausschalter oder die Öffnung für den USB Stick. Er musste das Batteriefach genau bemessen sowie die winzigen Löcher für die vier Schrauben, die den Deckel des Batteriefachs verschließen.

Im Rahmen seiner Arbeit soll dann in ein paar Monaten ein diesbezüglicher Workshop für

Blinde und Sehbehinderte stattfinden. Dafür bereitet er gerade eine Ausschreibung vor. Ich frage ihn, ob er mir diese e-mail auch schicken könne. Er meinte, das ginge natürlich, jedoch könnte ich auch auf die webseite „offsight.de" gehen, denn dort habe er in einer Anleitung, die auch herunter geladen werden könne, alles beschrieben.

Im Bus bemerke ich, dass mein Rucksack auf meinem Rücken fehlt. Wahrscheinlich war ich so beladen, dass mir das nicht auffiel, als ich seine Wohnung verließ. Ich telefoniere mit ihm, ja, mein Rucksack ist da, jedoch hat er Besuch, daher wäre es ihm lieber, ich holte ihn spätnachmittags ab. Aber im Rucksack ist mein Laptop, mein Arbeitsgerät. Wir einigen uns, dass ich ihn in einer Stunde an der Tür entgegennehme. Er öffnet die Tür einen Spalt, und ein nackter Arm reicht mir meinen Rucksack. Ich bedanke mich und bin schon fort. Ein Lächeln zeichnet sich auf meinen Lippen ab.

Ich frage mich, ob er sich vielleicht neu verliebt hat?

Am nächsten Tag ruft er an, denn er hat beim online Banking einen falschen Pin eingegeben.

Er beantragt einen neuen und als er per Post bei mir eintrifft, denn er hat seine neue Adresse noch nicht hinterlegt, regeln wir das per Telefon.

Ici commence le texte français:

Table de matières

Chapitre I (la caisse en bois) S.67

Chapitre II (syndrome de l'aidant) S.71

Chapitre III (la table haute) S.73

Chapitre IV (captivée) S.75

Chapitre V (nouvel appartement) S.78

Chapitre VI (abandonné par le partenaire) S.81

Chapitre VII (psychiatrie) S. 83

Chapitre VIII (suicide -la mort en soi) S.86

Chapitre VIV (le nouvel homme) S. 88

Chapitre X (spirale – peurs) S.90

Chapitre XI (le rejet d'autrefois) S.93

Chapitre XII (la caisse en bois, maladie) S.95

Chapitre XIII (la perte de sa femme) S.97

Chapitre XIV (l'image et structure de soi) S.99

Chapitre XV (francophile) S.101

Chapitre XVI (« cela » !, danser) S.103

Chapitre XVII (dépression, danser) S.105

Chapitre XVIII (les féministes) S.111

Chapitre XVIV (les hommes d'autrefois) S.114

Chapitre XX (fin de la communication) S .115

Chapitre XXI (la caisse en bois) S. 116

Chapitre XXII (le futur du pays détruit) S.119

Chapitre XXIII (la locomotive) S.122

Livres français S. 127
Livres allemands S.128

Chapitre I (la caisse en bois)

Un proverbe allemand populaire dit : « Elle/il a sauté dans la boite ». Cela veut dire qu'elle/il est mort/e. Mais mon amie n'était pas nécessairement morte, décédée.

En ce qui concerne le côté mental, j'étais incertaine, malgré le fait qu'il s'agissait de mon amie, avec qui je me suis rencontrée souvent, mais qui avait soudainement disparue dans une caisse en bois. Qu'est-ce que je dois en penser ?

Est-ce qu'elle était devenue folle ? Y avait-il eu des signes qu'elle allait devenir folle ?

Comment répondre à cela ? Devant moi étaient assis des médecins en blouse blanche, ce qui ne présageait rien de bon. Je devais me concentrer.

Qu'est-ce que je savais de mon amie ? Les questions me tombaient dessus. J'avais envie de me boucher les oreilles. S'arrêter et soutenir mon amie. Où l'avaient-ils emmenée ? Je me suis trouvée dans un labyrinthe de portes et de couloirs.

Dans une boite ! J'étais vraiment horrifiée. Ils l'ont trouvée dans une caisse en bois ! Est-ce que j'ai laissé mon amie trop longtemps seul ? Était-ce la raison pour laquelle elle s'est enfuie dans une caisse en bois comme d'autres s'enfouissent sous une couverture de lit pour se protéger des agresseurs, du monde perçu comme hostile ?
Mais est-ce que j'avais été sa seule confidente, son seul soutien, qui s'était effondré, parce que j'étais partie seule en vacances ?
J'avais besoin d'être seule, libre, me sentir bien à tous les niveaux sans être coincé dans la relation. Était-ce si terrible que ça ?
Je ne pouvais pas pressentir, qu'elle se cacherait dans une caisse en bois pendant le temps de mon absence.
On demandait, s'il y avait eu des signes. Il y en avait ? Je posais mon doigt sur mes lèvres fermées et réfléchissais. En ce moment précis,

je voyais un smiley devant mes yeux, celui qui se montre pensif en regardant en haut avec son doigt sur son menton. Est-ce que j'étais devenue un smiley ? Blague à part ! J'essayais de me concentrer sur la question.

« Si vous voulez », disais-je, il y avait un comportement étrange de son côté dans la mesure où elle était déjà une marginale dans sa famille. Elle a été traitée de mouton noir et n'était pas appréciée. Déjà en tant qu'adolescente, d'après ce qu'elle racontait, elle ne participait pas aux réunions familiales, mais se couchait sur le canapé sous une couverture et essayait de dormir.

Elle pensait de n'avoir pas de place dans la famille, que toutes les places étaient déjà prises au moment de sa naissance.

Les médecins ont hoché la tête et ont dit que je les avais beaucoup aidés, qu'ils en ont déduit que l'acte de mon amie de disparaitre dans une caisse en bois, était un comportement logique, c'était un dernier maillon de la chaine de son comportement étrange.

Pour moi l'heure des questions était terminée, c'est pourquoi je n'ai pas parlé du dessin de mon amie, un petit graphique en noir et blanc, peut-être un centimètre de haut et deux centimètres de large, dans lequel un être se tordait, s'y était enfoncé ou avait été forcé.

Le dessin était si petit, presque minuscule, mais je ne l'ai pas oublié. Est-ce que je le trouverais dans la succession de mon amie ?
Pourquoi succession ? Ce mot m'effrayait ? Les médecins parlaient de détresse respiratoire. Et qu'il était trop tard.
Mais je n'ai été en vacances que trois semaines !

Chapitre II (le syndrome de l'aidant)

Quel était mon intérêt pour elle ? En quelque sorte j'étais tiraillée, mais à la fin, j'avais à chaque fois de la compassion pour elle, la cause pour laquelle elle pouvait compter sur moi.
J'ai eu même parfois très peur de la perdre. Je croyais possible, qu'elle commettrait suicide, car plusieurs choses semblaient indiquer qu'elle allait le faire, la raison pour laquelle j'ai joué avec la pensée de l'inscrire à l'hôpital psychiatrique, quand notre relation me dépassait. Surtout quand elle se montrait impuissante comme, au sens figuré, un bébé battant l'air avec ses petites jambes et ses petits bras.
Comment pouvait-elle tomber si bas, se rabaisser devant moi. Souvent je restais muette

ne trouvant pas mes mots pour ce qui s'est déroulé devant moi. Elle n'était pas capable de travailler sérieusement. Je ne la comprenais pas, mais je ne l'ai pas laissée tomber, je ne l'ai pas livrée à elle-même, cela aurait fini dans la négligence. J'avais le souhait de la sauver. Est-ce que j'avais un besoin pathologique de l'aider ? Ne devrais-je faire une psychothérapie en raison de cela ? Mais à cet égard je n'avais pas plus de confiance que mon amie. Nous appartenions encore à la génération qui disait, que tous les psychologues auraient eux-mêmes un problème psychique, en termes simples une vis desserrée. Donc nous préférions de nous raconter notre propre histoire de vie et d'analyser nos problèmes psychiques entre nous, bien que nous fussions des non-professionnels. Bien sûr nous n'arrivions pas à résoudre nos problèmes dans leur ensemble que nous avions eu avec nous-même. Il se dressait toujours une frontière et je pense que c'était une bonne chose, car notre génération était convaincue que tout devrait être sans frontière et les frontières qui se dressaient devant nous devraient être abattues.

Chapitre III (la table haute)

On s'est connu relativement tard, nous étions déjà loin de quarante ans et nous avions donc déjà vécu une grande partie de notre vie. Je me tenais en attendant mon train à une table haute à la gare où je buvais mon café lorsqu'une inconnue m'a rejoint. La femme s'imposait, je la trouvais un peu importune, car il y avait encore d'autres tables libres.
Il ne s'est passé rien de grave sauf qu'elle émiettait les morceaux de sucre dans le thé lequel elle remuait sans fin ce qui m'énervait. J'ai donc dit : "Votre thé se refroidit ! » Elle m'a regardé en souriant mais ne disait rien. Cela aurait pu m'être égal, qu'elle ne dise rien, mais ça m'agaçait, car il me semblait, que je pouvais mieux contrôler la personne devant moi, quand

elle s'exprimerait. J'avais toujours besoin de savoir où j'en étais avec les personnes inconnues, derrière ce besoin parfois urgent se cachait sans doute une peur. Mais avec la femme devant moi c'était encore autre chose, elle m'avait captivé, j'ai succombé à son charme.

Chapitre IV (captivée)

J'avais déjà pris ma valise et j'allais me précipiter sur la voie, quand elle m'a fait un sourire rayonnant en demandant brusquement pourquoi j'étais si pressé ? À vrai dire je trouvais la question bête, car à la gare c'était normal que les gens se précipitaient en tous sens au lieu de rester comme dans un café dans la ville. Cette fois-ci c'était moi qui se taisait devant cette petite personne qui me souriait avec des yeux brillants, ce qui provoquait en moi une instabilité légère. J'ai donc reposé ma valise, car je ne me souvenais pas quand une inconnue m'avait souri si radieusement de manière désarmante. J'ai abandonné mon projet de voyage non urgent et je me suis laissée emporter par son charme.

Plus tard je me suis demandée ce qui faisait la différence entre elle d'une apparence extérieure plutôt insignifiante et les autres ? Je pense que c'était sa grande impuissance, sa grande détresse. Était-ce si attirant d'aider quelqu'un, quelqu'une ? Est-ce que j'en ai profité pour m'affirmer ? Est-ce que cela m'a donné de l'assurance ? Et est-ce que j'en étais même dépendante ?

Surtout le fait qu'elle était une sans-abri m'irritais fortement. Comment pouvait-elle vivre sans gêne dans la rue et se nourrir de réglisse. Elle avait commencé son récit à la gare et continuait pendant nos rencontres après. À la table haute de la gare, je ne me suis pas rendue compte de son état de négligence ce qui n'était pas étonnant, car elle venait de prendre une douche près de la gare dans la mission de la gare pour les sans-abris et y avait reçu des vêtements nouveaux et lavés. J'étais surprise de son bon goût, avec lequel elle choisissait parmi les vêtements offerts dans les chambres de vêtement de la ville expressément pour les sans-abris. Dans les conversations que nous avions eu j'essayais de la convaincre de poser sa candidature pour un logement mis à disposition pour un an de la part de la ville pour les femmes sans domicile fixe. Merci à Dieu elle l'a fait et s'est installée dans un appartement à une pièce avec douche. Tout de suite elle a commencé à aménager l'appartement comme elle le souhaitait. D'où elle a trouvé l'argent est resté une énigme. Elle a fait descendre l'équipement de l'appartement à la cave pour mettre ses propres meubles. Elle a même fait construire un nouveau lit en bois.

Elle était très fière et avec cette fierté elle a obtenu beaucoup, mais souvent elle s'est parée de plumes étrangères.

Chapitre V (nouvel appartement)

Les femmes n'avaient le droit d'y vivre que pendant un an. L'année est passée vite, mais mon amie ne voulait pas quitter l'appartement. Elle s'est même vivement disputée avec la directrice de cet établissement municipal pour femmes sans domicile fixe. Je lui ai rappelé la longue liste d'attente. Après de nombreuses disputes avec la directrice, elle a emménagé dans un appartement partagé avec une femme, mais cette femme lui a donnée congé après deux mois seulement. Aussi avec la prochaine propriétaire elle n'avait pas de chance et aussi avec celle d'après. Bien sûr elle m'a demandé, mais j'ai refusé vivre avec elle en communauté dans mon appartement, parce que je la trouvais en quelque sorte très forte et j'avais peur de ne pas pouvoir me défendre contre elle. Mais à part cela elle pouvait compter sur moi.

Heureusement elle a bientôt trouvé un appartement. Elle pensait que la gérante de l'immeuble avait apprécié chez elle qu'elle avait travaillé comme soignante des personnes âgées et l'a donc favorisée par rapport aux autres candidats.

En même temps elle avait trouvé un travail, ce qui la rendait euphorique et la poussait de commander une cuisine toute neuve, un professionnel est venu pour mesurer la cuisine et calculer les possibilités. Mais après un an elle n'était plus contente et a emménagé dans un autre appartement plus grand dans le même immeuble. Un ami d'elle a repeigné les murs et a amélioré d'autres choses. Mais après un certain temps, elle trouvait que les inconvénients du nouvel appartement se faisaient de plus en plus remarqués et donc elle souhaitait échanger son appartement avec l'appartement d'un ou d'une autre locataire, lequel ou laquelle elle devrait encore trouver. Elle avait confiance en elle qu'elle réussirait. Mais elle poursuivait aussi une autre voie, c'était de réaliser un projet de logement ensemble avec d'autres, faire construire un immeuble où vivraient les vieux et aussi des familles avec enfants comme aussi des personnes seules ou des couples et chacun des locataires se sentirait responsable des autres.

En plus elle s'est intéressée aux actions et lisait des livres sur le sujet. Elle voulait y investir pour plus tard améliorer sa retraite.

En dehors de cela elle fréquentait de manière irrégulière des groupes divers, un groupe bouddhiste, un groupe où on jouait des jeux de société, un groupe composé uniquement de femmes qui avaient fait des expériences traumatisantes.

La vie de mon amie avait donc pris une vitesse vertigineuse, en tout cas pour moi qui était plutôt lente. Parfois je ne la voyais de loin comme elle volait dans l'air et je sentais toujours ma peur qu'elle ne tombe dans le malheur.

Chapitre VI (abandonnée par le partenaire)

Avant de nous connaitre, elle était dans une longue relation, qu'elle croyait durer toute la vie, mais après 20 ans son partenaire l'a quittée pour une autre. Quand elle m'a raconté son histoire je sentais sa douleur, mais aussi sa colère. D'un coup elle s'est trouvée dans la rue. Le sol sous ses pieds lui était retiré. Elle n'avait plus d'appartement lequel était la propriété de son partenaire. Elle n'avait pas de travail, pas d'argent, pas de soutien quelconque. Son ex-compagnon lui avait offert un appartement dont des amis étaient propriétaires, mais elle ne voulait plus rien accepter de lui sauf de l'argent. Elle voulait qu'il lui donne le plus d'argent possible et cela toute sa vie. Quant à lui il voulait bien lui donner de l'argent pour un certain temps, mais pas pour toute sa vie.

Leur histoire, pendant que nous vivions notre amitié, n'était pas finie, la galère continuait, car elle ne se lassait pas de demander de lui de l'argent et de l'attention, dont elle aurait le droit après 20 ans de commun. Je trouvais assez angoissant ce qui se jouait. Elle avait encore les clés de l'appartement qu'elle ne voulait pas rendre. Un jour, elle s'est cachée derrière la porte d'entrée et au moment où lui et sa nouvelle amie entraient, elle a vidé un seau plein d'eau sur leurs têtes. Et après elle l'a tabassé. Je me souviens d'autres femmes qui ont fait des choses similaires dans de telles situations. Une connaissance par exemple dont l'amant marié l'a quittée et qui était retourné chez sa femme a vidé devant la porte de leur maison un sac de poubelle et en plus elle a percuté sa voiture qui était garée devant la sienne.

Chapitre VII (psychiatrie)

Elle s'est fait elle-même interner dans un hôpital psychiatrique à l'époque où son partenaire l'avait mise à la porte, car elle ne savait pas où aller et le fait d'être abandonnée subitement la remplissait de peur. En soi je trouvais que c'était un acte créatif de sa part, une manière de se sauver, mais le mot « psychiatrie » m'a choqué et a déclenché de l'angoisse en moi, car j'imaginais qu'au moment d'entrer dans la psychiatrie les médecins retiraient à leurs patients le control d'eux-mêmes en leur administrant des sédatifs. J'imaginais un traitement selon leur savoir lexical. Mon amie y cherchait de la protection, mais s'est rendue dans l'antre du lion où elle a été mise sous sédatif. J'avais probablement une vue irréaliste sur le travail psychiatrique, car j'étais, comme il me semble, guidée par mes peurs.

À nos rendez-vous elle me parlait entre-autre de ses sorties régulières qui lui était accordées par l'hôpital à l'époque. Quand elle avait quitté l'hôpital psychiatrique, elle prenait encore des médicaments. J'étais à chaque fois touchée puisqu'elle était encore sous l'influence de ces médicaments ce qui se voyait et s'exprimait. Elle semblait parfois en quelque sorte un peu dérangée et étrange, mais parlait des amitiés à l'hôpital, où elle passait même des nuits avec un autre patient, ce qui était interdit, mais ils ont trouvé des solutions. Cet homme qui a été en prison avant de se trouver à l'hôpital psychiatrique devait retourner à la prison après sa sortie de l'hôpital, car tout de suite il a commis un nouveau délit. Mon amie n'avait pas peur des hommes, même pas des hommes prisonniers. Elle s'est alors rendue à la prison à son jour libre pour lui rendre visite. Leur relation continuait encore quelque temps en dehors de la prison, il lui a aidé avec les choses pratiques. Elle lui avait aussi rendu visite à son domicile privé où elle a rencontré son fils adulte. Elle se sentait bien à l'hôpital psychiatrique où elle vivait plus ou moins selon son goût. D'après elle, elle s'y sentait si bien qu'elle ne voulait plus partir, mais le médecin lui avait dit que la psychiatrie ne serait pas un hôtel et donc qu'elle devrait partir.

Bien qu'elle ne fût plus dans un stade dangereux, j'avais peur pour elle et quand je lui ai demandé, si elle avait pensé à se suicider pendant son séjour à la psychiatrie, elle m'a surpris avec un Non très ferme, au lieu elle serait allée en Grèce, sur l'ile de Crête, qu'elle connait et qu'elle aime particulièrement.

Chapitre VIII (Suicide – la mort en soi)

Je la voyais dans mon esprit s'envoler vers l'île de Crète et moi tremblant de « sa » peur de suicide rester sur place veiller sur elle, comme si, sinon, elle s'écraserait en avion. Une de nous deux devrait garder les pieds sur terre. Clin d'oeil.

Au fond je savais, que j'étais malade dans le sens que ces fantasmes étaient maladifs, au moins exagérés, mais je les attribuais à mon amie, car c'était elle qui avait été en psychiatrie. Le fait qu'elle ait été abandonnée par son compagnon de vie avait déclenché mon propre traumatisme.
Mais pas seulement le suicide en soi me faisait peur, mais aussi le fait qu'il soit lié à la mort, à

la peur de la mort en soi. Cette peur était toujours là et menaçait comme une épée Damoclès au-dessus de ma tête à part des situations dangereuses dans le trafic routier comme récemment où je voulais traverser la rue sur un passage piéton et une voiture qui tourne a failli me tuer.

Chapitre VIV (un « nouvel » homme)

J'étais encore occupée par la succession, quand un « nouvel » homme est entré dans ma vie si ce n'est pas trop dit, car c'était un élève de ma classe au lycée d'autrefois. Je l'ai remarqué par la phrase que je lui avais écrit en réponse de sa lettre laquelle n'était pourtant pas écrit avec émotion pour moi, mais n'était qu'une lettre reproduite plusieurs fois pour des amis : « Je me réjouit que tu ais pensé à moi... » C'était cela, j'étais touchée par le simple fait qu'il avait pensé á envoyer á moi aussi une carte de Noel. » Je trouvais ma réponse bizarre, parce que j'avais l'impression d'avoir exprimé un sentiment. Je ressentais mon émotion et j'ai réfléchi si j'exprimais aussi un tel sentiment envers un autre homme de mon entourage. J'étais surprise du sentiment parlant d'un attachement. Mais je n'en étais pas effrayée, car il habitait très loin.

Sur la photo présentant sa grande famille qu'il m'avait envoyé à l'occasion de Noël je ne le reconnaissais presque pas, à vrai dire, pas du tout, car 55 ans était passé, pendant lesquelles il a vécu avec sa femme et ses nombreux enfants et petits-enfants. Spontanément je lui ai envoyé une photo de moi avec la remarque que lui aussi sans doute ne me reconnaitrait pas.

Chapitre X (peurs – spirale)

J'avais l'impression de me trouver dans une spirale, qui me conduisait vers le bas, tandis qu'elle conduisait mon amie vers le haut.
Les peurs de mon amie me faisaient peur, car elles n'étaient que refoulées par les médicaments et continuaient donc à vivre dans la clandestinité.
Les médecins ne se voyaient pas capable d'éradiquer les peurs avec leurs racines et étaient donc confrontés à leur impuissance. Ils contrôlaient les peurs avec des médicaments, pour que les personnes concernées ne deviennent pas incontrôlables et mettent eux-mêmes et d'autres personnes en danger.
J'ai aussi eu peur de moi-même, car qui peut prévoir ses comportements et réactions quand il

y avait eu un traumatisme. Chez mon amie les émotions étaient tenues sous le couvercle par les tranquillisants lesquelles j'ai refusé de prendre quand une de mes amies les avait recommandés au moment où j'ai fait une petite dépression. Je ne sais pas pourquoi elle me les a recommandés, car elle-même refuse d'en prendre quand elle est atteinte d'une dépression, une soi-disant maladie très répandue dans la population, c'est peut-être parce que beaucoup d'entre nous sont traumatisés. Pensant à la guerre on peut même parler d'un peuple traumatisé, mais c'est encore autre chose et la plupart des gens n'en sont pas conscients.

Mon amie et moi, nous avons tous deux étés violées dans notre jeunesse. Je pense à son thérapeute marié, il lui avait demandé - elle n'avait pas encore 18 ans - si elle ne pouvait pas venir à la prochaine séance en minijupe. Elle l'a refusé et n'est plus retournée. Moi-même était demandé par mon thérapeute marié, si j'étais d'accord de coucher avec lui deux fois par semaine, car je lui avais signalé que je l'aimais bien. J'ai refusé son offre et je ne suis pas retournée non plus. Le viol se produisait dans ma jeunesse, il y a donc des décennies, l'homme m'avait enlevée et violée, je n'avais pas de chance. Le souvenir du viol chez mon amie reste flou. J'avais l'impression qu'elle n'a pas accès au crime.

Une fois elle a raconté, qu'elle battait souvent son partenaire dans la nuit quand il dormait à côté d'elle, mais il connaissait le problème avec son père et l'a accepté. Il espérait que cela s'arrêterait un jour. Mais après vingt ans de vie commune, il n'y avait pas de changement, il a donc jeté l'éponge au moment où il a connu une autre femme avec laquelle il voulait recommencer une nouvelle vie.

Chapitre XI (le rejet d'autrefois)

Je pensais à nouveau au fait que j'avais ressenti un sentiment de chaleur à ma grande surprise, car notre relation de jeunesse avait fini avec une blessure profonde : le rejet. Je ne trouvais pas une voie de réconciliation, le feu de l'amour s'était tout de suite éteint, la passion avait disparue. Ma faute, si on peut le dire comme ça, était, que je sentais une telle passion pour lui que je voulais coucher avec lui ce que je n'avais jamais fait. Mais à ce moment-là - nous deux enlacés étroitement - il m'a repoussé violemment en disant que « cela » est pour sa petite-amie avec qui il avait prévu de partager sa vie. Sur le champ j'étais réduite en cendres tandis que lui trouvait une nouvelle compagne de jeu en tour de main.

Son rejet de mon desir avait produit en moi un sentiment de culpabilité. Je me sentais coupable de mon sentiment d'amour et de mon desir, ce qui a été fatal, parce que je n'en étais pas conciente de ce mécanisme ce qui faisait que j'étais dès ce traumatisme bloquée.

Il m'a répondu sur la photo portrait le lendemain matin. Il m'a reconnu sur la photo malgré les 55 ans passés où nous nous ne sommes pas vu. Il a écrit, que l'âge nous ronge ce qui se voit clairement, mais ce ne serait pas un problème pour lui, car chaque phase de la vie aurait son charme.

Chapitre XII (la caisse en bois, maladie)

Je ne comprenais toujours pas pourquoi mon amie a cherché refuge dans une caisse en bois, peut-être elle y a même attendu la mort, car elle n'avait pas laissé une fente pour l'air, la caisse était complètement fermée. Je ne comprenais pas son geste, car elle semblait parfois avoir des forces incroyables, elle nouait facilement des contacts avec d'autres personnes et se relevait sans grand problème quand elle a été en bas. Elle avait le don de ne trouver jamais en elle la faute et je crois que c'était là la source dans laquelle elle puisait sa force ce qui me rappelait ma mère, elle aussi avait toujours refusé de voir la faute en elle, il n'en était pas question.
Néanmoins ce qu'elle a fait ne voulait pas rentrer dans ma tête. Je me suis donc demandée si la force de mon amie était basée sur la prise

des tranquillisants, qui supprimaient toutes ses angoisses, ses peurs ? Je ne pouvais pas l'imaginer et continuait à chercher dans sa succession, mais il n'y avait pas beaucoup sauf deux journaux intimes qui ne contenaient rien qu'elle ne m'ait pas déjà confié. Dans le tiroir de la commode il y avait des anciens billets d'avion, puis des papiers divers des médecins et des administrations, aussi plusieurs lettres d'expéditeurs privés lesquelles je n'osais pas lire. Les lettres des médecins se referaient aux différents examens comme l'IRM et le scanner. Tout en bas de la pile des lettres il y en avait une d'un médecin qui lui rélévait sa maladie incurable, laquelle ne lui laisserait pas beaucoup de temps à vivre.

Je n'en revenais pas. Nous étions des amies, mais apparemment pas assez proches pour qu'elle se confie à moi, au lieu de cela elle s'est réfugiée dans une caisse en bois où elle s'est mise dans une position courbée qui rappelait celle d'un embryon. C'était un choc.

Chapitre XIII (la perte de sa femme)

Mon camarade de classe bien-aimé d'autrefois a perdu sa femme également à une maladie incurable il y a quelques années, à peu près au même temps où est morte ma sœur.
Nous avions rarement échangé des emails, peut-être tous les cinq ans, mais ça a été toujours moi qui a pris l'initiative, et par hasard aussi quand sa femme venait de mourir. Il m'a envoyé un code par lequel j'avais accès à un site d'internet crée pour se souvenir d'elle. Ses amies pouvaient y laisser des messages ou des photos en hommage d'elle. Sur ce site il y a aussi un plan d'itinéraire vers l'urne enterrée près d'un arbre. Puis toute une série de photo commençant par la photo d'elle jeune fille, puis de leur mariage et ensuite elle et lui avec leurs enfants qu'ils ont mis au monde. Lui, le père

avec barbe fournie comme je ne le connaissais pas, la seule photo où il sourit, sur les autres il a un air sérieux, même sévère ce qui m'irritait. Sur les photos de lui et de sa grande famille que j'ai reçue récemment on ne voyait qu'un sourire mince, peut-être n'a-t-il jamais souri ouvertement, je ne le sais pas dire avec sureté.

Avait-il l'impression que je voulais quelque chose de lui après la mort de sa femme ? En tout cas il a pris la précaution de me rejeter. Mais je n'avais pas de telle intention. L'avant dernier Noël je lui avais envoyé une carte de Noël et lui, il m'a annoncé par email une carte de Noël de sa part. Un mois est passé et donc je croyais que la carte s'était peut-être perdue en route. Je lui ai demandé et il a répondu que je ne devrais pas être si impatiente.

Puis il est arrivé en février une carte de vœux n'étant pas de mon goût avec un cochon à la porte d'un jardin qui entourait une maison. Le cochon portait deux flutes à champagne et derrière la vitre de la maison surgissait la tête d'une femme. Quand je lui ai remercié, il a juste écrit qu'il aime ce genre de carte.

Chapitre XIV (de l'autoportrait à la structure de soi-même)

Je pense incessamment à ce que je ne peux pas comprendre. Même avec une maladie incurable il ne faut pas nécessairement disparaitre dans une caisse en bois. Il s'ajoute que mon amie était nue comme un embryon et aussi sa position rappelait un embryon. A-t-elle été forcée par quelqu'un ? Mais par qui ? Elle n'avait jamais parlé d'une personne écœurante et repoussante autour d'elle.
Le détenu, qu'elle avait connu à l'hôpital psychiatrique, avait été remis en liberté, certes, mais pourquoi il lui aurait fait ça ? Il a attendu de l'argent d'elle, comme elle disait, mais elle n'avait pas de problème de lui refuser cela et de rester quand-même avec lui pour des câlins.

Je pensais à nouveau à son dessin en noir et blanc, je l'ai cherché et trouvé. Elle montre un être déformé avec un œil noir surdimensionné, coincé dans un espace d'un centimètre de haut et de deux de large. Pendant toutes ces décennies elle a gardé ce dessin, la date était encore lisible. Je pense qu'il s'agit d'une image de soi. Une image d'elle-même, qu'elle a porté tout le temps en elle et cela contrairement à son apparence extérieure le plus souvent radieuse. C'était difficile de penser ensemble les deux. Cet être pitoyable semble être la structure intérieure de mon amie bien que difficile à croire, quand je pense à son énergie de réaliser des projets et à sa convivialité.

Chapitre XV (francophil)

Puis quelque chose a changé entre l'ancien camarade de classe bien aimé et moi. Je pense que c'était au moment où il s'est rendu compte que j'étais francophile, car lui aussi il l'était, il avait même ensemble avec sa femme construit en France une maison pour y passer les vacances. Sur le site de souvenir en mémoire de sa femme défunte je pouvais voir sa famille rassemblée autour d'une grande table à manger dans le jardin de cette maison.
La première photo DinA5 - écrite à la main au verso - qu'il m'a envoyé, montrait une partie de la maison, du garage et aussi du jardin avec des arbres hauts. Dans sa description de ce qu'ils ont construit, sa femme était omniprésente. À la fin il écrivait : » Maintenant tu sais, où je me

sens à l'aise, où je vais bien. » Quel message derrière ses mots ?

La deuxième photo DinA5 - écrite à la main au verso - qu'il m'a envoyé quelque temps après la première, le montrait parmi de nombreux membres de sa famille. J'étais sidérée, car je vivais seule. Il avait même collé des petits papiers décrits, lesquels disaient qui était qui. Il y avait vingt paires d'yeux qui me regardaient. Je crois cela me dépassait. Est-ce qu'il avait l'intention de m'intégrer dans sa famille ?

La prochaine photo DinA5, dont le dos était encore une fois écrit à la main, montrait une micromaison, qu'il avait construit comme mesure thérapeutique après la mort de sa femme, car ils ont vécu ensemble toute leur vie. Adossée à la micromaison était une planche de surf, qu'il avait fait avec un de ses petits-enfants. L'inscription sur la planche disait en substance que ce qu'on fait maintenant, s'avère comme notre futur.

Et moi, qu'ai-je à lui offrir ?

Chapitre XVI („ Cela! ", la danse)

Nous étions encore des écoliers quand nous étions allongés sur le sol de ma chambre. Des amoureux qui pressaient leurs corps l'un contre l'autre en se faisant des câlins. Puis mon corps et âme se sont enflammées encore plus et je l'ai désiré passionnément ce qui ne m'était pas arrivée jusqu'à lors avec une autre personne. Évidemment j'avais envie de coucher avec lui. Mais d'un coup il m'a cruellement repoussé en disant d'un ton sévère : « Cela » appartient à ma petite-amie ! » Je ne savais pas que cette limite existait pour lui, au moins il ne m'en avait pas parlé si je m'en souviens correctement.

Ils s'étaient déjà engagés pour la vie malgré leur jeunesse, mais se sont permis des petits jeux avec d'autres, échanger des câlins, sans y penser que ces autres pourraient développer des sentiments profonds et qu'ils pourraient même basculer dans le malheur.

Ce comportement me rappelle un homme, qui m'avait demandé une danse quand j'étais avec ma sœur un dimanche au thé dansant, je n'avais que 13 ans, mais ma sœur ainée de deux ans qui ne voulait pas y aller seule, avait demandé la permission de notre mère. En dansant avec lui, il disait, qu'il ne s'intéresse pas à moi, mais à la fille qui était avec moi, en dansant avec moi il aurait l'intention de la rendre jalouse.

Je ne sais pas pourquoi de telles expériences blessantes se perpétuent et provoquent des expériences similaires au cours de la vie. Néanmoins certaines personnes parviennent à s'en libérer et remplacent les expériences négatives par des expériences positives.

Et maintenant, je ne savais pas, si je vivais une nouvelle édition des anciennes blessures. Il s'approche de moi, mais avec quelle intention ? C'est peut-être encore un jeu de sa part ?

Chapitre XVII (dépression, danse)

Cependant la tragédie de mon amie ne rentre pas dans ma tête. Est-ce que son comportement pouvait être lié à une dépression profonde ? Est-ce qu'il y avait quelque chose qui l'a déprimée fondamentalement ? Je pensais au fait qu'elle n'arrivait pas à se défaire de son ex. Certes, les distances se sont agrandies. Mais elle le guettait, elle ne pouvait pas le laisser tranquille, elle pensait, qu'elle en avait le droit, le droit à son attention. Elle pensait, que vingt ans de vie commune lui donneraient droit á l'attention de son ex pour toujours et pour souligner cette opinion, elle tapait avec ses pieds sur le sol.
„C'est fini ! " chuchotais-je de nombreuses fois à son oreille, car elle souffrait et je voulais que sa souffrance s'arrête.

Peut-être que c'étaient des petites dépressions, qui ont suivi des rencontres échouées, pendant lesquelles elle essayait le convaincre, qu'il devrait prendre soin d'elle, qu'il devrait s'occuper d'elle, qu'il devrait prendre ses responsabilités envers elle financièrement et aussi émotionnellement comme ça a été le cas dans leur vie commune.

Elle ne voulait pas comprendre et accepter qu'il avait construit une nouvelle vie avec une nouvelle femme et qu'elle n'y avait pas de place.

Au cours de leur longue relation il l'avait blessée, même devant d'autres personnes, mais les avantages semblaient plus nombreux. Je me suis souvenue d'un évènement, elle décrivait une scène devant un étalage d'un magasin de photos où ils se sont arrêtés. En regardant les petits et nombreux portraits de femmes, leurs photos d'identités, son compagnon soupirait et disait, que toutes ces belles femmes seraient prises, donc il lui fallait de se contenter d'elle. Mon amie avait malheureusement pris l'habitude de ne pas contredire son compagnon quand il lâchait de tels propos qui l'humiliaient, car elle admirait ce bel homme à côté d'elle, qui avait selon elle un beau corps bien bâti et cela comptait beaucoup pour elle. Elle excusait aussi d'autres comportements humiliants envers elle, il la repoussait par exemple quand elle voulait participer à la conversation qu'il menait avec une autre femme à une fête. Quand je lui ai rappelé ces expériences blessantes elle n'en voulait rien savoir, car cela la dérangeait dans sa campagne de le reconquérir.

Finalement je ne le prenais pas trop au sérieux, quand elle revenait déprimée d'une rencontre avec lui, car sa volonté semblait indomptable, comme si elle redoublait sa force. Cela m'étonnait à chaque fois, qu'elle se soit relevée comme phénix renait de ses cendres.

Souvent elle m'a demandé, si je ne voulais pas venir avec elle danser. Une fois par mois elle montait à 22.00 heures sur sa bicyclette pour aller à la boîte de nuit où il y avait des nuits de danse pour les plus de 50 ans. Le froid et l'obscurité ne la gênait pas et surtout elle n'avait pas peur des hommes. Elle m'a raconté comment cela se passe. Il faut qu'on se regarde et qu'on signale par un tout petit sourire qu'on est prêt à rentrer dans le jeu. Ensuite on danse et à la fin de la soirée on échange les numéros de téléphones. C'est comme cela qu'elle avait connu son amant. Il est marié, mais cela ne la dérange pas, car comme elle dit, elle ne serait pas amoureuse de lui, n'a pas de sentiments pour lui. Maintenant ça fait déjà quelques années qu'ils sont ensemble. Elle ne se sent coupable de rien, sa relation avec sa femme ne l'intéresse pas, c'est à lui de régler les comptes avec sa femme. En plus il vit à la périphérie de la ville, donc elle ne le rencontrerait jamais, ni lui ni lui ensemble avec sa femme.

Je soupirais, car la colère concernant son ex ne diminuait pas et cela m'effrayait. Elle parlait en répétition des cauchemars écœurants, je ne pouvais pas très bien les supporter et tournais ma tête. Dans son cauchemar elle était forcée de s'agenouiller devant un homme et elle devrait lui faire une fellation, après elle a vomit, il l'a forcée de lécher le vomi sur le sol, car il tenait à ce que son sperme reste en elle. Souvent je lui ai demandé de m'épargner de tels détails, mais elle n'a eu aucune considération pour moi.

Je pensais à ma mère, qui aurait certainement dit : « Je n'aurais pas fait cela ! C'est dégoutant ! » Elle était une personne, qui n'avait pas peur et avait toujours le sentiment et la conviction, que c'était elle qui aurait les choses en main, qui décide comme elle le voudrait. Elle ne pouvait pas imager des situations où elle serait forcée à faire des choses contre son gré, contre son souhait, contre sa propre volonté.

J'étais encore assise au milieu de la paperasse de mon amie défunte et je ne suis pas arrivée à y mettre de l'ordre.

Est-ce qu'elle avait rencontré son ex pendant que j'étais parti en vacances pour trois semaines et qu'elle n'avait pas ensuite retrouvé son équilibre ? Cette fois-ci elle s'était peut-être enfoncée dans la dépression qui en résultait. Peut-être que dans son imagination elle s'est réfugiée ensemble avec son ex dans cette caisse en bois et s'est endormie paisiblement. Est-ce que c'était ce qu'elle voulait ? Est-ce que c'était son souhait depuis toujours ? Rester toute une vie ensemble et s'endormir avec lui à la fin de leur vie ?

C'était peut-être son rêve et elle s'y est peut-être accrochée comme un nouveau-né au bout du sein de sa maman. Au lieu de lâcher le mamelon il préférerait plutôt le mordre.
Cela me rappelle un vieux couple d'environ 90 ans avec des visages complètement ridés. Les deux étaient assis au soleil l'un contre l'autre contre le mur arrière de la maison, abattus par

des soldats assassins. J'avais gardé cette photo d'un journal pendant des décennies comme aussi une autre, sur laquelle était un jeune couple juif avec l'étoile de David sur leurs manteaux, les valises et leur petit fils à la main, qui se pressait de joindre la place de la Déportation.

Chapitre XVIII (le mouvement des femmes)

C'était bizarre, car encore une fois une personne d'autrefois se présentait. Je l'avais complètement oubliée. Nous nous sommes retrouvées par hasard côte à côte lorsque nous emballions nos aliments. Elle m'a regardé comme si je devais la reconnaitre, j'ai donc demandé si on se connaissait d'autrefois. À l'époque elle habitat dans mon quartier résidentiel, je connaissais son visage, mais je n'avais aucun souvenir à une conversation entre nous. J'étais surprise qu'elle m'ait directement demandé au début de notre conversation au supermarché si j'avais à l'époque participé au mouvement des femmes ? Qu'est-ce qu'elle voulait de moi ? En quelque sorte sa question m'a bouleversé, car c'était si loin que ce n'était plus vrai. Je lui ai dit, que j'étais plutôt de celles qui agissaient en marge, à l'époque où il y avait encore le journal de femmes intitulé « Courage » basé à Berlin, dans lequel j'avais publié des interviews sur la motivation des femmes qui avaient changé leur prénom ou nom, même une photo de moi s'y trouve. En plus j'ai participé aux premières éditions du journal « Hamburger Frauenzeitung » où j'avais publié un long poème. Je me souviens du titre « Das gläserne Kleid », une femme devait casser sa robe en verre.

La femme féministe à côté de moi disait qu'elle avait vécu pendant vingt ans à l'étranger. Avec d'autres femmes elle y a géré une maison d'hôtes pour femmes, mais depuis quelques années elle est de retour, car une femme de leur groupe voulait se retirer du projet et donc elles ont dû vendre la maison. En même temps sa mère avec qui elle était en bonne entente, était tombée gravement malade et elle l'a soignée jusqu'à sa fin. Elle vivait pendant ce temps de l'allocation de soins. Depuis un an elle essaye de se reconstruire, elle prend son d'elle-même.

J'étais troublée par cette proximité soudaine, car nous étions des étrangères l'une pour l'autre. Quand nous nous sommes séparées, elle a demandé mon nom. Je lui ai donné mon prénom et ai demandé le sien. Quand elle a dit son prénom, j'avais d'un coup l'impression, que nous nous étions déjà parlées, parce que son prénom était si inhabituel comme la femme l'était aussi. Mais je n'avais aucun souvenir de ce que nous avions parlés à condition qu'il y ait eu une conversation entre nous à l'époque.

Je prenais presque la fuite et pour m'en excuser je disais sans regarder en arrière : « En été - nous n'étions qu'en décembre ! - nous allons nous asseoir sur un banc pour continuer notre conversation ! ». J'étais effrayée de ce que je venais de dire, car d'un côté j'avais pris mes distances concernant le temps, mais de l'autre côté j'avais offert une perspective pour ne pas la blesser.

Chapitre XVIV (l'âge, les hommes d'autrefois)

Ça doit avoir un rapport avec mon âge qui avance, que je rencontre des gens de l'époque où j'étais encore jeune. C'est aussi le cas avec celui de mon âge, avec qui j'étais liée à la fin de ma vingtaine. J'avais pris un rendez-vous avec lui par e-mail. Il avait proposé une date pour le mois prochain, dans 5 semaines. Comme cette date était déjà prise dans mon calendrier, je lui ai demandé un autre jour. Mais il n'a pas répondu. Donc j'ai écrit que si un autre jour ne lui convenait pas j'étais prête à reporter mon rendez-vous, sous condition qu'il me le fasse savoir au moins quelques jours en avance. Pas de réponse. Le rendez-vous est alors tombé à l'eau.
J'étais déçue, bien que j'y reconnaisse un modèle, car la dernière fois son comportement était le même et à la fin c'est symptomatique

pour toute notre relation à l'époque. Il a besoin de dominer et d'humilier.

Chapitre XX (fin de communication)

Il m'a écrit, qu'il m'informerait du progrès de son projet de vitrer la porte du garage. J'attendais une photo DinA5 - le verso écrit à la main -, car apparemment je m'étais habituée à sa façon de communiquer. Mais le temps est passé et aucune lettre est arrivée. J'ai donc écrit trois fois. Finalement il a envoyé un e-mail de façon neutre avec une photo de la porte vitrée.
Je pense que le contact renouvelé s'est déjà éteint. Et c'est peut-être mieux, car ce qui était arrivé dans le passé on ne peut pas l'anéantir. Il n'y aurait jamais de l'insouciance.

Chapitre XXI (la caisse en bois)

Mon regard s'est posé sur la caisse en bois. Qu'est-ce que je devais en faire ? Aurais-je un jour besoin d'elle ? Devrais-je m'en débarrasser pour m'en débarrasser du souvenir, de ce qui m'obsédait ?

Je me suis souvenue des caisses en bois d'autrefois, dans lesquelles les gens stockaient des livres ou mettaient le linge de lit. Un espace de rangement. Souvent les gens s'asseyaient dessus, l'utilisaient comme chaise. Parfois c'étaient des valises et des caisses de marins.

À l'époque je possedais plusieurs caisses en bois simples, anciennement utilisées comme caisses à fruits. Je les avais teintes en marron quand j'ai emménagé dans cet appartement où j'habite depuis des décennies, je les ai utilisées comme étagères pour des livres de cours, des manuels d'école.

Je ne sais plus ce qu'elles sont devenues. En tout cas elles étaient sans couvercle et je les avais – je ne sais pas pourquoi – accroché au mur de la cuisine au-dessus d'un four antique hors d'usage.

Par contre dans le salon j'ai accroché un store, un volet roulant géant de la locataire précédente, décédée, sur lequel j'ai dessiné une grande roue avec des champs de couleurs différentes, jaune, noir, bleu, vert. Cela avait l'air d'une grande fleur épanouie, mais les couleurs parlaient d'autre chose. En dessous j'avais dessiné au fusain des lignes.

Dans cet appartement beaucoup de choses se sont passées.

Je me vois debout dans le salon près du mur faisant attention aux bruits menaçants des voisins et voisines, car l'appartement semblait avoir des murs en papier. En moi ce qui n'est pas protégé, le non- protégé. Le traumatisme. L'internement d'office. Est-ce que mon appartement était une unité psychiatrique fermée ?

Je n'avais pas envie d'habiter incessamment, sans relâche dans cette boite à idées menaçantes. Donc je me suis brusquement détournée de la vue de cette caisse en bois.

Puis j'ai eu l'idée de descendre la caisse en bois dans la rue. De nos jours de nombreux gens déposent des objets dont ils n'ont plus besoin dans la rue et sur un papier collé à l'objet est écrit « à donner ». C'est ce que j'ai fait moi aussi.

Chapitre XXII (le futur du pays détruit)

Puis je vois devant mon œil intérieur une image du pays détruit comme on l'a vu incessamment à la télé ou dans les journaux. Aussi loin mes yeux peuvent voir, je ne vois que des morceaux de vie, une destruction de vie totale. Bien sûr ce n'est pas le seul pays dévasté au monde, un pays en ruine.

On pourrait même dire que le monde lui-même est en ruine, car des guerres partout, la destruction partout.

Rien ne reste pour toujours. Nous tous doivent mourir, mais il faut dire aussi qu'il y a un point stable, fiable, c'est Dieu, lui, il est éternel, tout tombe en ruine, en morceaux, mais lui, il reste pour toujours, il est éternel.

Ce n'est pas une consolation pour tout le monde, bien évidemment.

Moi aussi je l'ai oublié, je ne m'en suis pas rendue compte et d'un coup dans la destruction complète il était là, la conscience de lui, l'éternel est, je l'avoue, une présence d'espoir, une lumière éternelle.

Bien sûr, ce n'est pas tangible, le phénomène n'est pas tangible.

Il est éternel, d'accord, mais peut-être c'est un éternel passage et un éternel devenir, qu'il est le symbole de l'éternel devenir périssable, du cycle de la mort et de la vie, qu'il est éternel dans ce sens.

À la maison j'ai toujours le pendentif en argent représentant le pays détruit. C'est un cadeau d'une jeune femme dont je ne sais plus son nom. Elle était serveuse dans un café. J'avais apprécié son pendentif en or sans savoir la signification. Elle me l'a montré de près et j'avais l'impression qu'il représente le pays Israël. Non, disait-elle, c'est Palestine, car avant Israël, c'était la Palestine. Elle a insisté pour que je prenne le pendentif en argent, plus massif et lourd que celui en or fin, qu'elle avait apporté le prochain jour et sur lequel était gravé en arabe le nom du pays détruit.

Je ne réussissais pas à me soustraire à son insistance, à sa persévérance. Le jour suivant, je disais, que je ne le porterais pas, il serait trop lourd et rigide. Mais elle a refusé catégoriquement de le reprendre, la raison pour laquelle il est toujours là sans que je sache ce qu'il deviendra comme le pays lui-même qui ne sait pas ce qu'il deviendra.

Chapitre XXIII (la locomotive)

Malgré tout il faut prendre les choses en main. Comme mon amie l'a fait. À chaque fois qu'elle a été détruite, elle s'en sortait.

Son exemple en tête j'ai nettoyé ce matin ma douche, ce qui était nécessaire depuis plusieurs semaines, car le savon reste dans le bac de douche après la douche. J'ai aussi en fin réussi á réparer ma chaussure, dont la semelle s'était détachée. J'avais déjà acheté la colle et je ne devais que coller la semaille contre la chaussure. Ensuite j'ai mis un seau plein de peinture sur la chaussure pourque la semelle se lie à la chaussure par le poids lourd du seau plein. Ensuite j'ai aussi reprisé les trous dans mes bas. Enfin, j'ai mis un grand lampadaire, que je n'aimais plus depuis longtemps, dans la rue.

J'ai continué mon chemin jusqu'au logement de mon fils aveugle, mais avant je me suis arrêtée à la boulangerie pour acheter ses petits pains préférés. Il était de bonne humeur malgré la séparation entre lui et son amie. Il disait qu'il ne souffrirait pas comme la derniere fois où il a fait une longue dépression profonde, mais au contraire cette fois-ci il serait soulagé.

Je me suis mise à nettoyer le plus gros et ai balayé les pièces. Quand je partais je portais plusieurs sacs, un sac de poubelle, un sac avec de la plastique, un sac avec papier et aussi un grand coussin de son ex qu'il ne voulait plus et également une couverture de lit d'elle que je portais à un endroit non loin de chez lui où les gens mettent des choses qu'ils ne veulent plus utiliser mais peut-être les autres.

Sur la table était un petit objet, un train, une locomotive, qu'il avait conçu et imprimé par une D3 imprimante, que j'admirais beaucoup comme également et surtout un objet qu'il a conçu et nommé « Hindernismelder » un « détecteur d'obstacles ». Il m'explique en détail comment il l'a fait, c'était compliqué, beaucoup de mathématique, il fallait mesurer, calculer beaucoup de détails, comme l'ouverture pour la clé USB, et celle pour l'interrupteur marche/arrêt, celle pour les batteries, celles pour les vis et ainsi de suite.

Dans le cadre de son travail, il tiendra un atelier pour des jeunes aveugles et non-voyants, qui ont envie de créer leur propre objet. Il prépare les e-mails avec les appels d'offres. Je lui demande de m'en envoyer aussi ce mail. Il dit qu'il pourra le faire, mais qu'il a tout décrit sur internet sur le site « offsight.de » où les intéressés peuvent aussi télécharger un guide de construction.

Dans le bus je remarque que je n'ai pas mis mon sac-à-dos, je téléphone à mon fils. Oui, il est chez lui. J'aimerais retourner chez lui pour le prendre. Il dit qu'il a une visite. Je ne veux pas entrer dans son appartement, mais comme j'ai mon ordinateur portable, mon outil de travail, dans mon sac-a-doc, j'aimerais qu'il me le donne devant sa porte au moment où je sonne.

Une heure après je sonne chez lui, il ouvre la porte, mais ne se montre pas, un bras nu tient mon sac à dos que je prends, je le remercie et m'en vais en souriant de sa visite.

Le prochain jour il m'appelle, car il a saisi un code de Pin erroné en faisant online banking. Il demande un nouveau code de Pin á sa banque. Quand il arrive par la post chez moi, car il n'a pas encore communiqué sa nouvelle adresse á la banque, nous l'arrangeons au téléphone.

Livres français

Tony

La valse mélancolique de Nice

L'écoulement

L'incertitude 1

L'incertitude 2

Le temps passe pour tout le monde

Poèmes en prose de la vie intérieure et extérieure

À donner

Nos échanges
Mon échange d'e-mails avec D.E
En rupture du stock

Livre de photo : « peintures, gravures, dessins, sculptures 1970 - 2021 »

Deutsche Bücher

Dreiklang (Kurzgeschichten)

Zweiklang

Fünfklang

Der goldene Taler (Märchen)

Stimmen

Gezeichnet

Einklang
Mein E-Mail-Austausch mit D.E.
Nicht mehr verfügbar

Trennung und Aufbruch
Nicht mehr verfügbar

Antoine und seine Geschwister (Erzählung)

Sanftes Kratzen

Der Himmel über mir

Der seine Stirn an den Baum lehnte
Gedichte 1967 -2017

Prosagedichte des inneren und äußeren Lebens
(2024)

Eine Träne

Zu verschenken

Zerbrochen -
Innerhalb und außerhalb des Tunnels

Besuche in Dublin

Lichtung

Lydia November L.N. 1 (1980)
Lydia November L.N. 2 (1982)
Mit Radierungen und Zeichnungen
Verfügbar in der Universitätsbibliothek Hamburg

Fotobuch „Die Elbe bei Övelgönne"

Fotobuch „Werkschau 1976 – 2000"
Malerei, Radierungen, Zeichnungen, Skulpturen

Fotobuch „Gezeiten. Fotos 1976 – 2021"